KB142821

날아오는 공을
피하지 마라

날아오는 공을 피하지 마라

임오경 지음

안녕하세요. 임오경입니다.

책을 쓴다는 것은 과거의 기억을 하나씩 떠올리며 다시 그 장면과 마주하는 과정이었습니다. 누구나 그렇듯 저 또한 기쁘고, 행복하고, 자랑스러운 순간도 있었지만, 슬프고, 괴롭고, 부끄러운 순간도 있었습니다. 어떤 기억은 서랍 속에 넣어두고 자주 꺼내어 보고 싶었지만, 어떤 기억은 구석 깊은 곳에 밀어넣고 다시는 꺼내 보고 싶지 않았습니다. 그럼에도 책을 쓰면서 좋은 기억이든 나쁜 기억이든 다 꺼내놓을 수밖에 없었습니다. 그중에 뭘 담을지 선택하기 위해서라도요.

'내 인생을 한 문장으로 표현한다면 뭐라고 해야 할까?' 책을 쓰기 시작한 후로 내내 저를 힘들게 한 질문이었습니다. 초등학교 4학년 때 핸드볼을 시작한 이후로, 국가대표가 되고, 올림픽에서 금메달을 따고, 일본에 진출해서 감독까지 되고, 다시 한국으로 돌아와 지도자로 활동하다, 지금은 정치인으로 살고 있는 제 인생 전체를 관통하는 한 문장이 있다면 그것은 무엇일까요? 지금까지 저는 어떤 마음가짐으로 살아온 걸까요? 이 문제가 잘 풀리지 않다 보니, 모든 이야기가 알맹이 없이 겉도는 것 같았습니다. 책 전체를 관통하는, 내 삶 전체를 아우르는 나만의 철학을 명확하게 정리해야 할 필요가 있었습니다. 처음에는 뭔가 거창한 것을 생각해내려고 했지만, 뭔가 '나'답지 않았습니다. 그러다 불현듯이 머릿속에서 한 문장이 떠올랐습니다. '날아오는 공을 피하지 마라.'

핸드볼 선수로서, 또 지도자로서 긴 시간 동안 활동하다 지금은 정치인으로 뜻밖의 삶을 살고 있습니다. 그동안 인생의 크고 작은 굴곡을 겪으면서 제 삶에 무엇인가가 닥쳐올 때면 늘 피하지 말고 움켜잡자고 다짐했습니다. 변화무상한 세상사의 흐름 속에서 제가 어떻게 맞서고 대응해왔는지를 이보다 더 꼭 맞게 표현할 수 있는 문장은 없었습니다. 선수 시절에도, 감독 시절에도, 그리고 지금 이 순간에도 선배 혹은 감독, 국회의원이라는 자리에 머물지 않고, 리더로서 나 자신과 팀의 변화를 주도하고 틀을 바꾸기 위해 노력해왔습니다.

그리고 그런 저의 땀과 노력이 이 문장 속에 오롯이 담겨 있습니다.

이 책에는 핸드볼 선수 임오경도, 지도자 임오경도, 정치인 임오경도 아닌 '인간 임오경'을 온전히 담아내려 했습니다. 제가 처음 이 책을 쓰기 시작했을 때는 파릇파릇한 싹이 돋아나고 봄의 생명력이 꽃피우던 3월이었는데, 어느덧 봄이 가고, 여름, 가을을 지나 겨울이 되더니 이제 12월도 며칠 남지 않았습니다. 그동안 수도 없이 고치고 고쳐서 완성한 이 책이 곧 독자들을 만난다고 생각하니 가슴이 두근두근합니다. 난생처음 '책'이라는 무대에 서보니, 이전과는 사뭇 다른 긴장감이 흐릅니다. 경기를 위해 코트에 설 때나 정치인으로서 대중들 앞에 설 때와는 다른 느낌입니다. 아무쪼록 제 진심과 고백, 다짐과 약속으로 채운 이 책이 여러분들 마음속에 조그마한 물결을 만들어낼 수 있기를, 그래서 '임오경'이라는 이름이 여러분의 기억 속에 오래도록 남기를 바라봅니다.

임오경 드림

차례

3부 _ 변화를 위한 성찰이 우리를 성장시킨다

4부 _ 공감과 소통의 정치가 국민의 삶을 바꾼다

5부 _ 사람과의 만남 속에서 배우고 성장한다

날아오는 공을 피하지 마라

어렸을 때 나는 화가를 꿈꾸었다. 초등학교 때는 정읍시 주최 미술대회에서 학년별 금상도 받고, 풍경화를 그리면 색을 잘 쓴다는 칭찬도 받았다. 만화에도 관심이 많아 틈날 때마다 스케치북에 만화를 그리기도 했다. 학급에서는 부반장을 맡기도 하고, 달리기를 잘해 학교 운동회 때는 이어달리기에서 반 바퀴나 앞서가던 상대 선수를 따라잡은 적도 있다. 그 모습이 학교 핸드볼 선생님 눈에 뜨였던 모양이다.

선생님 손에 이끌려 시작한 핸드볼

그때부터 선생님은 나에게 핸드볼을 한번 해 보라고 집

요하게 권했다. 나는 내키지 않았다. 내가 볼 때 운동부란 하루 종일 땀을 뻘뻘 흘리면서 힘들게 훈련해야 하는, 공부와는 담을 쌓은 아이들이 하는 거라고 생각했기 때문이다. 공부도 곧잘 하고, 미술에도 소질 있다는 얘기를 듣는 내가 왜 저런 힘든 걸 해야 하나 싶어 열심히 도망 다녔다.

그러던 어느 날, 칠판에다 다음 날 아침 자습 내용을 쓰고 있는데, 선생님이 복도에서 한참을 서성거리고 있는 게 보였다. 나를 기다리고 있는 것이었다. 판서를 끝내자 선생님 손에 이끌려 반강제로 운동장으로 나갔다. 선생님은 공이라도 한번 잡아보고 나서 할지 말지 결정하라고 하셨다.

운동장에서 핸드볼부 언니들과 친구들을 보니 역시 내 생각대로였다. 땀으로 범벅이 된 운동복 차림으로 거친 숨을 내쉬며 뛰어다니는 모습, 실수라도 하게 되면 선생님의 호된 꾸지람에 고개를 푹 숙인 채 풀이 죽어 있는 모습이었다. '나보고 저런 걸 하라고?' 정말 내키지 않았다.

그런데 막상 코트에 들어가 함께 뛰어보니, 생각이 달라졌다. 땀을 흘리며 뛰고 있자니, 힘은 들지만 뭔가 상쾌하고 마음이 풀리는 느낌이었다. 그렇게 핸드볼에 관해서는 일자무식인 채로 내 선수 생활이 시작되었다. 내가 초등학교 4학년 때의 일이다.

그 당시 내가 핸드볼을 하면서 가장 기분 좋았던 건 뭐니 뭐니 해도 골을 넣을 때였다. 공을 잡아서 골키퍼와 일대일 상황을 만들고, 몸을 날려 던진 슛이 골망을 흔들 때의 그 짜릿함이란 예전에는 느껴보지 못한 새로운 즐거움이었다.

백 마디 말보다 중요한 것

운동신경이 좋아서인지 적응이 빨라서인지는 모르겠지만, 4학년이었던 나는 먼저 운동을 시작한 5, 6학년 언니들 사이에서도 기죽지 않고 뛰어다녔고, 운동을 시작한 지 일주일 만에 언니들보다 낫다는 소리까지 들었다. 칭찬을 듣고 너무 기분이 좋았던 걸까? 나는 그길로 부모님께 핸드볼이 하고 싶다고 말씀드렸다. 하지만 부모님은 혹시라도 내가 다칠까 봐 위험하다며 강력하게 반대하셨다. 심지어 아버지는 학교에까지 쫓아오셨다.

부모님의 반대는 예상한 일이었다. 하지만 나는 이미 핸드볼에 푹 빠져 있었고, 운동 때문에 성적 떨어진다는 소리를 듣는 게 싫어서 공부도 더 열심히 했다. 예전부터 '운동하는 사람은 공부 못한다. 공부 못하니까 운동한다.'라면서 은근히 깔보는 시선이 싫었던 나는, 과거에도 지금도 그 말이

틀렸다는 것을 증명하고 싶었다. 그래서 고등학교 졸업하고 다른 친구들은 다들 실업팀으로 갈 때 대학에 진학했고, 지도자 생활을 할 때는 대학원에 진학해 석사 학위와 박사 학위를 받았다.

당시 부모님을 설득할 수 있었던 것은 말이 아닌 결과였다. 핸드볼을 시작한 지 얼마 안 되어 주전 선수로 합류하고, 곧 에이스 자리까지 올라갈 수 있었다. 팀 성적도 쑥쑥 올라가니 주변에서 칭찬하는 소리가 들려오자 부모님도 마음을 돌려 나를 응원하기 시작했다. 어린 나이였지만 백 마디 말보다 제대로 한번 보여주는 게 훨씬 효과가 크다는 것을 깨닫게 되었다.

가슴에 태극마크를 달고 뛴 18년

이후 나는 중학교 3학년 때인 1986년에 국가대표 상비군에 선발되었고, 고등학교 2학년 때는 국가대표팀에 발탁되었다. 이때부터 18년 동안 태극마크를 달고 뛰었다. 비록 첫 올림픽이었던 1988년 서울 올림픽 때는 최종 명단에 들지 못했지만, 1992년 바르셀로나 올림픽을 시작으로 두 개의 금메달과 두 개의 은메달을 따냈다. 그 밖에도 아시안게임과 세계

여자핸드볼 선수권대회, 아시아 여자핸드볼 선수권대회에서 금메달 여섯 번, 은메달 두 번, 동메달 한 번을 수상했다.

1992년 바르셀로나 올림픽에서 금메달을 딴 나는 유럽 진출을 꿈꾸었다. 마침 그해 겨울부터 유럽 팀에서 제안이 들어오기 시작했다. 그런데 일본 히로시마에서도 여자핸드볼 팀을 창단한다고 하면서 스카우트 제의가 들어왔고, 고민 끝에 일본에서 새로운 도전을 해 보자는 마음으로 플레잉 코치를 맡게 되었다. 그러다 2년째에는 감독 없는 팀에서 감독 대행 겸 플레잉 코치로 활동했고, 3년 차인 1996년에는 25세의 나이로 일본 내 최연소 감독이 되었다. 일본에서 활동하는 동안에도 국가대표로 발탁되어 1996년 애틀랜타 올림픽에 참가했고, 30대 아줌마가 되고 애 엄마가 되고 나서도 대표팀의 요청으로 가슴에 다시 태극기를 달고 마지막 올림픽 무대에 섰다. 바로 영화 〈우리 생애 최고의 순간〉(임순례, 2008)의 소재가 되었던 2004년 아테네 올림픽이었다.

지옥 훈련이 선물한 금메달

열여덟에 처음 국가대표팀에 발탁되어 고된 훈련으로 꽉꽉 채워진 그 오랜 시간을 견뎌낼 수 있었던 것은 정상에 대한 갈망 때문이었다. 사람들은 지옥 훈련이라고 했지만 나한테는 행복한 과정이었다. 힘들다고 생각하지 않고, 행복으로 가는 과정일 뿐이라고 생각을 바꾸니 성적도 더 좋아지고, 더 좋은 결과도 얻을 수 있었다.

물론 아무리 생각을 바꿔먹어도 훈련은 고되다. 바르셀로나 올림픽을 준비하면서 했던 산악 훈련은 특히 더 끔찍했다. 산 정상에 도착하기 전까지는 매번 '이번까지만 하고 그만해야지. 더 이상은 못 하겠다!' 하고 생각했다. 훈련 때마다 정상에 오르는 데 걸리는 시간을 단축해야 했기에 산악 훈련은 공포 그 자체였다. 훈련이 끝나면 울면서 태릉 귀신한테 감독님 좀 데려가라고 기도할 정도였다. 하지만 시간이 지나면 또 무언가에 홀린 듯, 그 지옥의 불구덩이 속으로 다시 뛰어들고, 또 뛰어들었다. 매일 혹독한 훈련이 이어졌지만 동료들과 서로 격려하고 의지하며 견뎌냈다. 모두 함께 성장하는 모습을 보며 바르셀로나 올림픽에서 메달을 딸 수도 있겠다는 작은 기대를 가져보기도 했다. 결국 우리는 1992년 바르셀로나 올림픽에서 결승에 진출했다. '아, 3년 동안 지옥 훈련을 견뎌낸 선수들을 위해 하늘이 기회를 주시는구나' 하는 생각이 들었다. 그리고 마침내 금메달을 목에 걸었다.

2004년 아테네 올림픽을 준비할 때는, 선수촌에 들어가니까 사람들이 나를 선수가 아니라 지도자로 착각할 정도였다. 애까지 낳은 30대 아줌마라고 하니, "후배들을 위해 물러날 줄도 알아야지. 아줌마가 자식까지 떼어놓고 무슨 주책이냐." 하고 비아냥거리는 시선도 있었다. 하지만 절대 주눅 들지 않았다. 후배들한테 지지 않을 자신도 있었다. 힘과 체력에서 뒤처지지 않기 위해 이미 선수촌에 합류하기 몇 달 전부터 혼자서 웨이트트레이닝을 하며, 정말로 '죽자 살자' 하고 몸을 만들었다.

이렇게 길고 힘든 고난의 과정을 감수하는 이유는 결국 성공하기 위해, 정상에 서기 위해서이다. 올림픽에서 금메달을 따고 시상대 꼭대기에 올랐을 때, 태극기가 서서히 올라가고 애국가가 울려퍼지는 소리를 들으면 뜨거운 눈물이 하염없이 흘러내렸다. 슬퍼서 혹은 부끄러워서 우는 게 아니었다. '피나는 훈련이 있었기에 이 자리까지 올 수 있었구나. 그렇게 힘들었던 시간들은 결국 나를 행복한 사람으로 만들어주는 과정이었구나.' 하는 기쁜 마음을 가득 담아 흘리는 당당한 눈물이었다.

시상대에 선 순간 그동안의 길고 힘든 과정들이 빠른 속도로 머릿속을 스쳐 지나갔다. 힘들었던 시간들이 내 어깨를 두드리며 '잘했어, 잘했어!' 하는 것만 같았다. 역시 그간의 지옥 훈련은 지금의 이 당당한 눈물을 위한 행복한 과정이었구나, 싶어 새삼 가슴이 찌릿하게 울려왔다.

우리 생애 최고의 순간이자 내 생애 가장 아쉬운 순간

임오경 하면 영화 〈우리 생애 최고의 순간〉을 빼놓을 수 없다. 내 이름 앞에 붙은 '우생순'의 실제 주인공이라는 수식어 덕분에 내가 세상에 더 많이 알려졌고, 더 오래 기억될 수 있었던 건 틀림없다.

하지만 이 영화의 배경이 된 아테네 올림픽은 나에게는 유독 아쉬움이 많이 남는 대회였다. 결승에서 만난 덴마크와 연장전까지 갔지만, 결국 페널티스로로 승부를 결정지었다. 나는 두 번째 주자였는데, 내가 던진 슛이 덴마크 골키퍼의 오른쪽 다리에 걸리면서 실패하고 말았다. 그다음 주자의 슛도 막히면서 2대 4로 은메달을 땄다.

당시 대회를 일주일 정도 남기고 발바닥 부상을 당했는데, 그 탓에 몸도 유연하지 못했고 자신감도 떨어진 상태였다. 던지고 싶지 않았지만, 내가 무조건 던질 수 밖에 없는 상황이었다. 그동안 잘해왔는데 마지막 순간, 그 한 번의 실수로 인해 내 핸드볼 인생에 큰 오점을 남겼다는 생각에 많이 힘들었다. 하지만 이 경험 덕분에 경기장에서 뛸 수 있다는 게 얼마나 큰 행복인지 알게 되었고, 벤치에 앉아 있는 선수들의 마음을 좀 더 헤아리게 되었다. 또 무엇보다 운동선수는 부상이 없어야 한다는 걸 뼈저리게 느꼈다. 나는 이 대회를 끝으로 대표팀을 떠났다.

핸드볼이 나에게 가르쳐 준 것

1992년 바르셀로나 올림픽에서 메달을 딴 뒤 은퇴하려고 했다. 그런 내가 핸드볼 강국 유럽 팀의 제안도 뿌리친 채 일본의 2부 리그 신생 팀인 '히로시마 이즈미'에서 새로운 도전을 시작한 이유에 대해 많은 사람들이 궁금해 했다. 하지만 이유는 단순했다. 히로시마 이즈미는 내가 차마 거절할 수 없을 만큼의 적극적인 제안을 했다. 나는 3년 안에 팀을 정상에 올려놓고 유럽에 가려고 생각했다. 하지만 플레잉 코치에서 시작해 감독이 되면서 선수들을 직접 스카우트했고, 내가 스카우트했으니 끝까지 책임져야 한다는 생각 때문에 쉽게 발걸음이 떨어지지 않았다. 그렇게 일본에서 14년을 있게 되었다. 14년간 히로시마 이즈미에게 리그 8연패를 포함해 총 27회 우승을 안겨주었다.

일본에서 활동하는 동안 결혼과 임신, 출산을 했다. 또 서울시청 핸드볼팀의 제안으로 감독 복귀를 준비하던 시기에는 이혼이라는 인생의 큰 시련을 겪기도 했다. 그럼에도 나는 천생 핸드볼 선수였나 보다. 예상치 못했던 인생의 큰 고비와 크고 작은 사건 사고들이 내게는 마치 예상치 못한 순간 나를 향해 날아오는 공과 같았다. 누군가는 겁을 먹고 피해버릴 수도 있고, 또 누군가는 당황해서 우물쭈물하다 기회를 놓칠 테지만, 누군가는 피하지 않고 어떻게든 그 공을 잡아 기회를 살리려고 할 것이다.

핸드볼 선수가 슛을 쏠 때 남자는 최고 시속이 130킬로미터에 이르고, 여자 선수도 90킬로미터를 넘긴다. 고속도로를 달리는 자동차의 속도로 공이 날아오면 익숙하지 않은 사람은 무서울 수밖에 없다. 눈 깜짝할 사이에 내 앞으로 날아온 공을 잡아 기회로 만들기 위해서는 수많은 연습을 통해 두려움을 떨쳐야 하고, 빠른 판단력과 대응 능력으로 손을 뻗을 수 있어야 한다.

나는 어렸을 때부터 그렇게 단련되었던 것 같다. 코트에서도 날아오는 공을 피하지 않았지만, 코트 바깥에서도 내 인생을 향해 날아드는 공을 피하기보다는 어떻게든 맞서서 손을 뻗고, 그 공을 내 삶의 새로운 전환점, 새로운 기회로 만들기 위해 분투했다. 피하는 게 당장은 안전할 수 있지만, 설령 공에 맞아 다친다고 해도 나는 두려움을 이겨내고 날아오는 공에 맞서고자 했다.

우리는 '대한민국 스포츠합창단'

2008년 한국으로 돌아와 2019년까지 서울시청 여자핸드볼팀 감독을 맡았다. 한국 최초 여성 핸드볼팀 지도자라는 자리는 녹록하지 않았다. 여자 감독이 이끄는 팀이라는 이유로 심판 판정을 비롯해 크고 작은 고비가 있었고, 심지어 나를 남자라고 생각해 달라고 말한 적도 있었다. 몇몇 고비를 넘기면서 차츰 '여자' 감독이라는 딱지를 떼어내고 '감독'으로 손을 내밀어주기 시작했다.

핸드볼을 시작하면서 국가대표 선수가 되었고, 선수를 하면서 지도자가 되었고, 대한민국의 아이 엄마도 되었다. 여러 가지 도전은 새로운 시도에 대한 두려움을 없앴다. 그래서 늘 또 다른 도전을 꿈꾸었다. 이왕이면 지도자와 선수생활을 모두 해본 사람으로서, 서로를 존중하는 새로운 스포츠 문화를 만드는 데 앞장서고 싶었다.

그러던 차에 2015년 전직 국가대표 선수들을 중심으로 한 '대한민국 스포츠합창단'을 직접 꾸리게 되었다. 이 일의 시작은 그해 6·25전쟁 제65주년 기념식에서 공연을 펼친 '군가합창단'이었다. 군가합창단은 전직 국방장관을 비롯한 예비역 장성들과 장교 생활을 거친 고위 관료, 교수들이 모여 군가를 함께 부르며 군 생활의 추억을 나누고 후배 장병들을 격려하자는 취지에서 만들어졌다. 2015년 당시 나는 이 군가합창단 홍보대사를 맡고 있었는데, 이날 공연에서 어르신들이 은퇴 후에도 활동하는 모습을 보고 '대한민국 스포츠합창단'의 영감을 얻게 되었다. 우리 은퇴한 선수들은 아직 젊으니 소외계층을 비롯한 더 많은 국민에게 노래로 꿈과 희망을 줄 수 있을 것 같았다.

합창단은 처음에는 빙상의 제갈성렬과 조해리, 체조의 여홍철, 유도의 김민수, 레슬링의 심권호, 사격의 여갑순 등 현역에서 은퇴한 메달리스트 15명으로 시작했다. 내가 단장이었지만, 내가 노래를 뛰어나게 잘한 것도 아니고, 다들 좋은 일 한번 해 보자는 취지로 모인 거라, 누구라도 노래를 가르쳐줄 사람이 필요했다. 마침 개인적 친분이 있던 가수 김장훈 씨에게 합창단의 취지를 밝히며 합창단 감독 역할을 부탁하니 흔쾌히 맡아주었다.

합창단의 활동이 알려지자 선수들의 자발적인 유입으

로 단원이 40명 이상으로 늘었다. 메달리스트는 물론 메달이 없는 국가대표, 국가대표였지만 올림픽에 못 나간 선수, 국가대표로 뽑히지 못한 선수와 국가대표가 없는 종목의 선수 등 다양한 선수들을 하나로 아우른 멋진 구성원의 합창단이 만들어졌다.

합창단에서 시작된 나의 새로운 쓰임

2015년 합창단을 꾸리고 보니, 3년 뒤인 2018년에 평창 동계올림픽이 있었다. 이와 관련해서 진천 선수촌 개촌식, 성화 점화식 같은 크고 작은 행사가 많았다. 이런 곳에 우리 '대한민국 스포츠합창단'이 함께 있다면 얼마나 의미가 있을까, 하는 마음에 기회가 주어질 때마다 한달음에 달려갔다. 특히 2018 평창 동계올림픽을 300일 앞두고 더욱 뜻깊은 무대를 가지게 되었다. 이 행사에서 우리 합창단이 공연의 마지막을 장식했다. 스포츠합창단은 새로 만든 응원가 '나의 영웅(My Hero)'과 평창 동계올림픽 유치 공식 주제가였던 '평창의 꿈(Dream of PyeongChang)' 등을 불렀다. 이 공연들을 위해 합창단 단원들은 각자 바쁜 시간을 쪼개 정말 부지런히 열정적으로 연습했다.

2019년 10월 4일에는 서울에서 열린 100회 전국체육대회 개막식 무대에 올라 애국가도 불렀다. 전국체육대회는 1920년에 서울에서 열린 제1회 '전조선야구대회'를 그 기원으로 하고 있기에, 이번이 100번째를 맞이하는 대회가 되었고, 그렇기에 더욱 뜻깊은 무대였다. 이날 행사를 준비하면서 행사 일정이 다가올수록 주최 측에서 참석자 명단을 지나칠 정도로 꼼꼼하게 확인해서 의아했는데, 행사 당일 그 의문이 풀렸다. 대통령이 행사에 참석한 게 아닌가. 그래서 보안이 그토록 철저했던 것이다. 이 자리에 참석한 문재인 대통령의 개막식 축사를 듣던 나는 깜짝 놀라고 말았다.

"대한민국 스포츠합창단의 애국가를 들으며 전국체육대회 100년의 위상과 성취가 느껴졌습니다. 합창단에 함께 해 주신 1956년 멜버른 올림픽 은메달리스트 송순천 선생님과 임오경 단장님을 비롯한 국가대표들께도 감사드리며…."

합창단은 물론이고 내 이름까지 언급하셨을 때 너무나 감사했지만, 한편으로는 전혀 예상하지 못한 일이라 무척 당황스러웠다. 하지만 여기서 끝이 아니었다. 개막식이 끝나고 이틀 뒤, 나를 더욱 당황스럽게 하는 일이 기다리고 있었다.

'정치'라는 빠르고 강력한 공

한국에서 양아버지로 모시고 있던 이인정 선생님께 아침에 전화가 왔다. 이인정 선생님은 삼십 년 넘게 체육 유망 꿈나무들에게 체육 장학금을 지급하면서 기업의 사회적 책임을 실천하신 분으로 대한체육회 이사를 거쳐 지금은 정책 자문위원이자 아시아산악연맹 회장으로 계신 분이다. 우리나라의 체육 발전에 꾸준하게 기여하고 계신 무척 큰 어르신이지만, 내가 양아버지로 모실 만큼 나에게는 특별한 분이다. 내 인생의 중요한 순간마다 아낌없이 조언을 해주시는 존경하는 어른이다. 그런 분이 잠깐 좀 보자고 하시는 것이, 오랜만에 점심이라도 같이하자는 말씀이려니 생각했다. 마침 그날은 오후에 약속이 있어 어렵겠다고 하니, 본인도 오후에 해외 출장을 가야 하니, 잠깐이라도 괜찮으니 꼭 보자고 하셨다. 이렇게까지 말씀하시는 걸 보면 뭔가 긴히 할 얘기가 있나 보다 싶어 급하게 약속 장소로 갔다.

"내 예감인데 말이다. 너, 아무래도 국회로 갈 것 같다."

이때 정말 까무러치는 줄 알았다. 대통령께서 축사에서 내 이름을 언급하셨을 때는 그저 감사하고 당황스럽기만 했는데, 그게 설마 내가 정치에 발을 들이는 계기가 될 거라고는 꿈에도 생각하지 못했다. 그때까지 나는 핸드볼만 생각하고 살았지, 정치의 '정' 자도 생각해 본 적이 없었다.

"아버지, 무서우니까 제발 그런 말씀하지 마세요. 정치에는 관심도 없고요. 어디 가서 다른 사람들에게 그런 말씀하시면 안 돼요. 오늘 이 대화는 없던 걸로 해 주세요."

하지만 전국체전 개막식이 열린 지 한 달 후인 11월 4일에 나는 더불어민주당의 입당 제의를 받게 되었다. 양아버지가 말씀하신 게 정말로 현실이 된 것이다.

2016년에 터진 박근혜·최순실 국정농단 사건이 체육계와 엮이면서 스포츠계가 마치 비리의 온상인 것처럼 매도당하고, 비난 여론과 함께 넉넉지 않은 예산마저 삭감되는 피해를 보았다. 여기에 2018 평창 동계올림픽 이후에 터진 '미투 사건'까지 더해지면서 스포츠계를 보는 대중들의 시선은 더욱 따가웠다. 나는 스포츠 현장의 목소리를 전하고, 땅에 떨어진 스포츠계의 위상을 어떻게든 되살리고 싶어 고민 끝에 제의를 받아들이기로 했다. 내 인생에 또 한 번의 예상치 못한 공이 날아왔고, 지금까지의 어떤 공보다도 빠르고 강력했지만, 나는 그 공을 피하지 않기로 결심했다.

"운동만 했던 사람이 국회의원은 무슨…"

그렇게 입당 절차를 밟아 당원이 되고, 다가오는 2020년 제21대 국회의원 총선거를 앞두고 있을 때는, 나도 그렇고 주위 분들도 으레 체육인들이 처음 국회에 들어갈 때처럼 비례대표로 지명될 거라 생각했다. 그런데 당시 경기도 광명시(갑) 선거구에서 내리 3선을 하고 있던 백재현 의원의 불출마 선언으로 느닷없이 내가 전략공천 방식으로 해당 지역구에 출마하는 것으로 결정되었다.

처음 이 소식을 들었을 때 나는 그냥 포기하고 집에 가겠다고 했다. "지금까지 운동만 했던 사람이 국회의원은 무슨…." 하는 식의 편견도 걱정이었고, 이미 몇 달 전부터 해당 지역구에서 출마를 준비하던 예비후보는 당의 결정에 강력하게 반발하며 탈당한 후 무소속 출마를 준비하고 있었다. 정치라고는 한 번도 해 본 적 없는 내가, 그것도 지금까지 연고 하나 없는 지역에 출마해 선거운동이라는 치열한 전투에서 승리할 수 있을지 정말 자신이 없었다.

하지만 이번에도 나는 피하지 않기로 했다. 정치는 잘 모르지만, 당에서 아무 이유 없이 이런 판단을 했을 거라 생각하지 않았다. 당도 나름 고심 끝에 내린 결정일 테니 일단 믿고 따르자는 생각이었다. 처음에는 거의 울먹이다시피 당의 결정을 받아들였지만, 곧 강한 의지와 굳은 마음이 생겼고, 언론 발표 다음 날 부리나케 옷가지와 화장품, 침대만 챙겨서 광명으로 이사를 왔다.

선거운동 초기에는 탈당한 예비후보를 지지하는 분들에게 많은 비난과 질책을 받았다. 전략공천 문제가 핵심이었지만, 운동선수 출신에 대한 편견도 상당했다. 당연히 나도 사람인지라, 견디기 쉽지 않았다. 하지만 그분들의 분노를 이해할 수 있었기에 오히려 출마를 결심한 나 자신을 탓했다. 선거운동 첫 일주일은 집에 오면 울기만 했다. 하지만 돌아갈 길은 없었다. 그분들의 마음을 바꿔놓을 대단한 묘책 같은 것도 없었다. 지금까지 해왔던 것처럼 진심을 다해 사람들의 이야기를 듣고, 인내를 가지고 낮은 자세로 조금씩 다가가는 것밖에 다른 방법이 없었다.

편견을 극복하고 이뤄낸 값진 승리

돌이켜보면 나는 늘 편견에 맞서 싸워왔다. 운동하는 사람은 공부를 못할 것이다, 여자 선수는 선머슴 같을 것이다, 아이가 있는 운동선수는 운동에 집중하기 힘들 것이다 같은, 또 여자 지도자는 리더십이 부족할 것이다, 이 거친 세계에서 얼마 못 버틸 것이다 같은 수많은 편견의 공이 날아왔지만 피하지 않고 맞섰다. 그 편견을 깨기 위해 싸워왔고, 보란 듯이 이겨냈다. 이제 다시 과거의 체육계 인사들과 달리 비례대표가 아닌 지역구 출마라는 예상치 못한 상황이 닥쳤지만, 이 또한 체육계 출신 정치인에 대한 대중의 편견을 깨는 또 하나의 도전이라고 생각하기로 했다.

다행히 시간이 흐르면서 지역구민들의 생각도 조금씩 바뀌기 시작했다. 운동선수 출신이라는 편견으로 나를 바라보던 분들이 "TV에서 보던 임오경과 다르네." 하고 말하기 시작했다. 처음에는 곱지 않은 눈으로 지켜보던 당원들도 점차 마음을 누그러뜨리고 힘을 보태주었다.

정치 초년생인 나에게 45일간의 선거 과정은 39년 핸드볼 인생보다 더 길고 험했다. 선수 때는 아무리 격렬한 경기를 연속으로 치러도 쉽게 지치지 않았는데, 선거운동 때는 일주일에 한 번은 링거 신세를 졌다. 그도 그럴 것이 핸드볼은 전·후반 30분씩 60분, 그리고 휴식 시간 10분, 모두 70분이면 끝인데, 선거는 일어나서 잘 때까지 한시도 쉬지 않고 경기가 펼쳐지니 나라고 어쩔 도리가 있겠는가. 어떤 날은 자면서도 경기를 치르는 것 같았다.

이 모든 고난과 역경을 이겨내고, 결국 나는 선거라는 내 인생의 가장 혹독했던 경기에서 승리했다. 개표가 끝나고, 사람들의 축하 인사를 받으며 새벽 다섯 시에 당선증을 받으러 가는 길, 눈에서 눈물이 멈추지 않고 쏟아졌다. 올림픽에서, 세계선수권에서, 아시아선수권에서 수차례나 정상의 자리에 올라 눈물을 흘렸지만, 국회의원 당선증을 받으러 가던 그날의 눈물은 의미가 달랐다.

날아오는 공을 피하지 말아야 한다

올림픽에서의 승리는 일단은 '끝'을 의미한다. 한동안은 승리의 기쁨을 마음껏 즐기면서 달콤한 휴식을 취할 수 있다. 하지만 선거에서의 승리는 끝이 아니라 시작이었다. 39년보다 더 길었던 45일간의 선거 과정이 끝났는데, 이게 끝이 아니라 시작이라니…. 당시만 해도 국회라는 낯선 세상에 난생처음 발을 들여야 하는 초보 정치인 임오경에게는 당선의 기쁨보다는 '내가 과연 잘 해낼 수 있을까.' 하는 걱정과 두려움이 훨씬 컸던 게 사실이다.

하지만 걱정과 두려움을 안고 시작한 국회의원 생활도 어느덧 4년을 다 채워가고 있다. 그러는 동안 정치 경험이라고는 전혀 없던 내가 당의 원내 부대표와 대변인을 지냈다. 남들이 보기에는 정치 초년생으로서는 보기 드물게 꽃길만 걸은 것처럼 보일 수도 있겠지만, 뜻하지 않게 다가오는 일들이 너무나 낯설었고, 마음속으로는 늘 도망치고 싶었다. 하지만 코트에 설 때의 그 마음으로, 날아오는 공을 절대 피하지 말자고 마음을 다잡으며 여기까지 왔다.

나는 어려서부터 매순간을 치열한 경기를 치르듯이 살아왔다. 앞으로는 어떨까? 앞으로도 언제 어디서든, 내가 예상하지 못한 공이 나를 향해 날아올 것이다. 하지만 지금까지 내가 그랬듯, 그 공을 피하지 않을 것이다.

공을 피하지 않는다는 것은 그 공을 잡아서 내가 꼭 슛을 쏘아야 한다는 뜻은 아니다. 더 좋은 위치에 있는 선수에게 패스할 수도 있다. 내가 기회를 만들기 위해서든, 남에게 기회를 만들어주기 위해서든, 일단은 그 공을 잡아야 그다음도 있다. 마찬가지로 인생도 스스로 주도권을 가지기 위해서는 날아오는 공을 피하지 말아야 한다. 그래야 내 삶의 주인도 되고, 경기도 주도할 수 있다.

나의 경기는 아직 끝나지 않았다

지난 국회의원 총선거에서 승리한 후, '선거에서 이길 수 있겠다'라는 생각이 언제 들었냐는 질문을 받은 적이 있다. 하지만 나는 정말로 이긴다는 생각을 한 번도 해 본 적이 없었다. 주위에서 선거 결과에 대해서 긍정적인 얘기들이 나오고, 보좌진들이 당선 가능성이나 여론조사 결과를 말하려고 하면 그런 이야기 안 했으면 좋겠다고 손사래를 쳤다.

승패는 종료 신호가 울리고 나서야 비로소 판가름이 난다. 우리 팀이 이기고 있다고 자만하는 순간, 긴장이 풀리는 바람에 역전패한 게 한두 번이 아니다. 마지막까지 최선을 다하지 않으면 승리할 수 없다.

지금까지 그랬듯 앞으로도 경기 종료를 알리는 버저가 울릴 때까지, 나는 자만하지 않고 끝까지 내 인생을, 내 경기를 주도하기 위해 최선을 다할 것이다. 어디에서든 나를 향해 날아오는 공을 두 눈 부릅뜨고 손을 뻗쳐 받아낼 것이다.

1부

용기 있는 결단만이 나를 성장시킨다

대한민

1

'처음 한 번'의 문턱을 넘어라

사람들은 나를 어떤 모습으로 기억하고 있을까? 공을 잡고 코트를 뛰어다니는 선수, 팔을 휘젓고 소리치며 선수들을 다그치는 지도자, 아니면 국회의원이자 더불어민주당의 대변인? 그게 어떤 모습이든 아무래도 약한 캐릭터는 아닐 것이다. 거친 몸싸움도 마다하지 않는 선수였으니까, 열정적으로 선수들을 다그치는 지도자였으니까, 지역구에서 전쟁 같은 선거를 치르고 당선된 국회의원이고, 당의 얼굴이라고 하는 대변인까지 했으니까, 언제 어디서나 자신 있고 당당한 모습이겠지, 요즘 식으로 말하면 '쎈캐, 쎈 언니' 스타일이겠지, 아마도 이렇게 생각하지 않을까?

나는 약점투성이 핸드볼 선수

나는 어렸을 때 달리기를 하다가도 앞에 장애물이 나타나면 그대로 멈춰버리곤 했다. 초등학교 때 체육 시간만 되면 잘 뛰고, 잘 매달렸지만, 눈앞에 뜀틀만 있으면 이상하게도 심장이 마구 콩닥거리면서 뛰어넘지 못했다. 마음은 그렇지 않은데, 몸이 먼저 겁을 먹고 멈춰버린 것이다. 전·후반 40분 동안 수없이 많은 장애물을 만나야 하는 핸드볼 선수로서는 치명적인 약점이었다.

또 남 앞에 서는 걸 죽기보다 싫어했다. 경기가 끝나면 사람들 눈에 안 띄는 곳으로 숨고 싶었다. 코트에서 경기를 하라고 하면 며칠이든 몇 시간이든 누구보다 잘할 자신이 있는데, 이상하게 코트 바깥으로만 나가면 사람들의 시선이 그렇게 부담스러울 수 없었다. 그래서 나 스스로 뭔가 나서서 한다는 건 상상도 할 수 없는 일이었다.

지도자 생활을 할 때도 코트 위에서는 선수들을 강하게 다그치기도 하고, 팔을 휘저으면서 소리도 질렀지만, 경기가 끝나면 하루빨리 감독 자리를 내려놓고 싶다는 생각이 굴뚝 같았다. 경기 중에는 중요한 순간을 놓치면 안 되니까 고함도 치고 드센 모습도 보였지만, 코트를 떠나면 코트 안에서의 내 모습이 그렇게 싫을 수가 없었다.

한 가지 더 고백하자면, 나는 고소공포증이 있다. 사람들은 내가 고소공포증이 있다고 하면 잘 믿지 않는다. 하긴 거울에 비친 내 모습을 보면 고소공포증은커녕 저 빌딩 위에서 줄타기라도 할 상이니…. 하지만 정말로 고소공포증이 있어서 놀이기구도 못 탄다. 못 타는 정도가 아니라 놀이기구를 보기만 해도 머리가 어지럽고, 어떤 때는 쓰러지려고 하는 걸 간신히 버틴 적도 있다. 또 어릴 적부터 두통이 심해 선수 시절에도 늘 진통제를 달고 살다시피 했고, 무서워하는 것도 많아서 혹시라도 나한테 그 일을 시키면 어쩌나 싶어 전전긍긍한 적도 많았다.

핸드볼 선수로 활동하며 체득한 것

정치인이 되어 대변인 일을 할 때 나는 이런 내 성격 때문에 많이 힘들었다. 불편한 자리가 있거나 불편한 메시지를 전달할 때는 마치 눈앞에 장애물이 나타난 것처럼 가슴이 콩닥콩닥 뛰었다. 심할 때는 우황청심원을 먹어야 할 정도였다. 그래서 남들 앞에 서야 할 일이 생기면, 혼자서 조용히 커피나 물을 마시며 마음을 가라앉히고 다독인 다음 움직일 때가 많았다. 2023년 3월을 끝으로 대변인 자리에서 물러났을 때 얼마나 홀가분하던지, 날아갈 것 같은 마음이었다. 하지만 7개월 만에 다시 원내 대변인으로 부름을 받았다. 물론 전보다 성숙해지고 더 많은 것들을 볼 수 있을 만큼 시야도 넓어졌지만, 나와의 싸움은 끝이 없다.

하지만 이런 내가 평생을 핸드볼 선수로 살고, 국가대표 선수로 18년을 뛰었다. 한국과 일본에서 지도자로 일했고, 지금은 국회의원으로도 일하고 있다. 나처럼 겁 많고 못 하는 게 많은 사람이 어떻게 이렇게 살았을까? 나조차도 가끔은 신기할 지경이다. 딱히 내가 가진 약점을 극복하기 위해 뭔가 특별한 훈련을 받거나 의식적으로 노력하지는 않았다.

그럴 때마다 내가 한 일은 일단 뛰어드는 것이었다. 아무리 무섭고 심장이 콩닥거리더라도 우선은 그냥 두 눈 질끈 감고 코드를 향해 뛰어들었다. 다행히 핸드볼을 할 때만큼은 운동에 완전히 몰입할 수 있었기 때문에 내가 가진 약점조차도 잊을 수 있었고, 한 번이 두 번이 되고, 두 번이 세 번이 되고, 그렇게 수없이 많은 경기를 치르는 동안 그런 생활이 내 몸에 배면서 적어도 코트 안에서만큼은 뭘 시켜도 펄펄 날 수 있었다. 뭐, 다시 코트를 벗어나면 겁 많은 원래 성격으로 돌야가기는 했지만 말이다.

국회의원으로, 정당의 대변인으로 활동할 때도 마찬가지였다. 사람들 앞에 서기 전에는 가슴이 뛰고 안절부절못하다가도, 막상 상황이 닥치면 무아지경이 된다고 할까? 그 상황에 몰입해서 내가 할 수 있는 최선을 다했다. 그런 경험이 한 번 두 번 쌓이다 보니 마치 코트에서의 내 모습처럼 약점을 잊고 국회의원으로서도 활동할 수 있었다. 물론 집에 돌아오면 다시 조용하고 살림하는 걸 좋아하는 사람으로 돌아오지만 말이다.

약점보다 더 무서운 것은 내 안의 편견

코로나19 확진 판정을 받고 일주일 동안 집에서 격리 생활을 한 적이 있다. 몸은 아팠지만 마음은 편했다. 아침부터 밤까지 빡빡한 스케줄 속에서 수많은 사람과 부대끼며 살다가 갑자기 일주일이라는 휴가 아닌 휴가를 받게 되니, 하루 종일 책만 읽었다. 몸은 아프고 밖에도 못 나가니 갑갑할 만도 한데 전혀 그렇지 않았다. 물론 산더미처럼 쌓여 있는 업무들을 생각하면 때때로 등골이 서늘해지기는 했지만, 그냥 그 여유로움을 즐기고 싶었다.

무대 위에서는 열정적으로 에너지를 뿜어내거나, 화면 속에서는 말도 엄청 잘하고 까불기도 잘하는 연예인이 사석에서는 말수도 별로 없고, 혼자 시간 보내는 걸 좋아하는 경우가 의외로 많다고 한다. 내가 만난 연예인 중에도 TV 화면으로 보던 이미지와는 다르게 화면 바깥에서는 나보다 더 내성적인 분들이 많았다. 그런 분들을 볼 때면 '하긴, 나도 이렇게 살고 있는데….' 하는 생각이 절로 들었다.

자기 자신에게 뭔가 약점이 있다고 생각하고, 그 약점 때문에 '난 저건 못 할 거야, 못 하겠어.' 하면서 포기하려는 사람을 어렵지 않게 만나게 된다. 이런 사람들은 '나는 내성적이고 낯가림이 심하니까 사람들 앞에 나서는 일, 나를 드러내는 일에는 안 맞아' 하고 생각해서, 자기에게 온 기회를 포기하거나 회피하려고 한다. 어쩔 수 없이 해야 하는 상황에서도 미리부터 주눅이 들어서 일을 망치는 경우도 있다. 그러다 보면 '역시 나는 안 돼' 하는 자괴감에 사로잡혀서 더욱 위축되게 된다.

그리고 이런 사람일수록 남들 앞에서 발표도 잘하고 말도 잘하는 사람을 보면, '저 사람은 원래 성격이 외향적이고, 남 앞에 서기를 좋아해서 그런 거야.'라고 지레짐작해 버린다. 누군가는 나를 보면서도 이런 생각을 할 것이다. 하지만 사람들 앞에 보이는 이미지와 그 사람의 타고난 성향이 정반대인 사람들도 의외로 많다. 일단 나부터가 그렇다.

시작은 '처음 한 번'의 문턱을 넘는 것부터

나처럼 약점 많은 인간이 어떻게 지금까지 운동선수로서, 정치인으로서 버틸 수 있었을까? 앞에서도 말했듯 그 힘은 '처음 한 번'의 문턱을 넘어서려고 했던 용기와 한번 시작한 일은 끝장을 보고야 마는 몰입의 힘이었다. 겁이 많다고 해서 용기마저 없는 것은 아니고, 누구라도 자기가 좋아하고, 꼭 해내야만 하는 일에는 몰입할 수 있다고 생각한다.

'처음 한 번'의 문턱을 넘어야만 했던 고통의 시간이 나라고 없었겠는가? 나한테 이런저런 약점이 있다는 걸 알고 난 뒤로 코트에 들어가는 매순간이 두려움의 연속이었다. 어린 나이지만 핸드볼이 좋았고, 잘하고 싶었기에, 두 다리가 후들거리고 식은땀이 나더라도 용기를 내어 악착같이 덤벼들었던 것이다.

그런 면에서 인간은 참으로 적응을 잘하는 동물인 듯하

다. 나도 처음 한 번은 굉장히 어렵고, 하고 나서도 만족스럽지 않고, 괜히 내가 나서서 일만 망친 것 같고, 그래서 '나는 역시 안 되나 봐.' 하는 생각을 수도 없이 했다. 하지만 해야 하는 일이고, 내가 하고 싶은 일이었기에 마음을 다잡고 두 번, 세 번, 이렇게 계속하다 보니 처음보다는 수월해졌고, 그렇게 경험이 쌓이다 보니 어느덧 약점은 잊고 몰입하게 되었다.

'처음 한 번'의 문턱을 넘는다는 것, 처음에는 그 문턱이 거대한 성벽처럼 보일 수도 있겠지만, 그 한 번을 넘고 나면 점점 낮아지고, 나중에는 그저 문지방 정도에 불과하다는 사실을 깨닫게 될 것이다.

2

스스로 판단하고 결정할 수 있는 용기

지금까지 읽은 여러 책들 중에서, 가장 기억에 남는 책을 꼽으라고 하면 《미움받을 용기》(인플루엔셜, 2014)다. 일본 작가가 쓴 책으로 우리나라에서도 큰 인기를 끌었는데, 내용이 생각만큼 쉽지 않아 여러 번 반복해서 읽었던 기억이 난다.

정치인에게 '미움받을 용기'란

나는 어려서부터 혼나는 게 싫고, 칭찬받고 싶어서 열심히 운동하는 선수였다. 선수 시절 내내 칭찬받는 선수이길 바랐다. 나는 왜 잘하고 싶었을까? 나는 왜 경기에서 지는 게 싫었을까? 돌이켜보니 나는 내 자신의 성취나 행복보다는 남에게 잘 보이고 싶어서, 칭찬받고 싶어서 그렇게 열심히 운동을 했던 게 아니었나 싶다. 나의 성취와 행복의 기준이 내가 아니라 타인에게 있었던 것은 아닐까? 《미움받을 용기》를 읽으면서 이런 생각을 했다.

'미움받을 용기'라는 책 제목처럼 독자들에게 미움받을 짓을 용기 있게 하라고 부추기는 내용은 아니다. 너무 타인을 의식하게 되면 내 인생은 남에게 잘 보이기 위한 삶이 될 것이고, 자기를 다른 사람의 기준에 맞추려고 애쓰는 삶을 살게 될 것이라는 메시지를 담고 있다.

내 삶의 주인은 나고, 인간관계에서 내가 아무리 타인에게 잘 보이려고 해도 누군가는 나를 미워하고 싫어할 거라는 사실을 인정하고, 남에게 끌려가기보다는 나의 성취와 행복을 중심에 놓고 조화로운 인간관계를 추구해야 하고, 그렇게 되기 위해서는 타인에게 미움받는 것을 두려워해서는 안 된다는 것을 강조하고 있다.

정치인으로 살고 있는 나에게는 이 '미움받을 용기'라는 말이 더 각별한 의미로 다가왔다. '정치'라는 것을 해보니, 정말로 미움받을 용기가 없으면 이거 못 하겠구나, 하는 생각이 들었다. 국회의원이 어떤 법안을 발의하면, 기본적으로 반대 의견이 30~40% 정도는 나온다. 무언가 현안 문제를 해결하려면 필연적으로 찬반에 맞닥뜨릴 수밖에 없다. 모두가 이득을 보는 해법이 나온다면 가장 좋겠지만, 현실에서는 이득을 보는 사람이 있으면 손해를 보는 사람이 있고, 또 아무 득도 실도 없는 사람이 있다. 그러다 보니 이렇게 하면 저쪽에서 민원이 들어오고, 저렇게 하면 이쪽에서 신고가 들어온다. 정치에서 모두가 만족할 수 있는 해법이란 존재할 수 없는 게 아닌가 하는 생각이 들 정도다.

정치인으로서 사람들을 만나고, 이야기를 듣고, 설득도 하면서 최선의 방안을 찾아야 하지만, 결국에는 어떤 식으로든 판단을 내려야 할 때가 온다. 누군가 반대하거나 반발한다고 해서, 필요한 법안의 추진을 미룬 채 질질 끌고만 있을 수도 없고, 현안 문제를 손 놓고 있을 수도 없다. 그러니, 미움받을 용기 없이 정치를 한다는 것은 불가능하다. 그런 의미에서 정치인에게 미움받을 용기란, 판단을 내릴 줄 아는 용기, 결정할 줄 아는 용기가 아닐까?

케이크를 들고 집에 찾아온 제자에게

체육계를 떠나서 국회의원으로 활동하고 있는 지금도 가끔 제자들이 찾아온다. 시간이 나면 집으로 오라고 할 때도 있다. 아무리 바빠도 잠깐 짬을 내 제자에게 밥 한 끼 차려주는 게 나로서는 무척 즐거운 일이다. 그렇게 찾아오는 제자들 중에는 그냥 보고 싶다고 놀러오는 선수도 있지만, 고민거리를 들고 오는 선수도 있다. 소속팀에도 고민을 들어줄 선배나 지도자가 있을 테지만, 아직 나만큼 자기를 알아주는 사람이 없다고 하니, 어쩌겠는가. 기꺼이 들어줄 수밖에….

가끔 제자들을 보면 나도 저 나이 때 저랬을까, 싶은 때가 있다. 아직 젊기도 하지만, 핸드볼 선배이자 인생 선배의 눈으로 보면 부족한 점들이 잘 보인다. 핸드볼처럼 팀 스포츠에서 활동하는 선수는 자기 자신의 실력만 좋다고 다가 아니다. 혼자 아무리 잘해도 다른 선수들과 손발이 맞지 않으면 경기에서 이기기 힘들다. 경력이 쌓이고 선배가 될수록 다른 선수들을 배려하고 이끌 수 있는 리더십이 더 중요하다. 그리고 배려는 관심에서 출발하고, 선수들을 이끌려면 결단력과 용기가 필요하다.

한번은 오전에 봉사활동을 나갔다가 잠깐 시간이 나서

점심때 제자 한 명을 집으로 초대하게 되었다. 평소 같으면 점심을 차려줬을 텐데, 아침부터 힘을 썼더니 기운이 다 빠져버렸다. 그래서 제자에게 음식을 못 할 것 같으니, 점심으로 먹을 것 좀 사 오라고 미리 부탁했다. 그런데 집에 온 제자의 손에는 달랑 케이크 두 조각이 들려 있었다. 중간에 따로 전화까지 해서 뭘 사 가면 좋을지 묻길래, 알아서 적당한 걸로 사 오라는 말까지 했는데, 겨우 케이크 두 조각이 전부였다. 나는 집에 먹을 게 하나도 없어서, 햄버거라도 좋으니 따로 챙겨 오라고 말한 거였는데, 제자는 배달을 시킬 생각이었다며 그제야 스마트폰을 꺼내더니 배달앱을 켜서 햄버거를 주문했다.

스스로 판단하고 결정할 수 있는 용기

집으로 배달된 햄버거를 반으로 잘라 먹으면서 제자에게 말했다. 먹을 걸 사 오라고 한 건, 집에 먹을 게 없던 차에 네가 어떻게 하나 보려고 일부러 그런 거라고 말이다. 나와 함께 보낸 시간이 제법 길었기 때문에 내가 뭘 좋아하는지, 어떤 음식을 가리는지 정도는 알 거라 생각했다. 살짝 나무라

듯 아쉬운 이야기를 전했더니 제자는 멋쩍은 표정으로 고개를 끄덕였다.

"네가 뭘 사 왔든 선생님은 기뻤을 거야. 나를 생각하는 마음이 중요한 거지, 메뉴가 뭐가 중요하겠어. 고르기 힘들면 먹고 싶은 걸 여러 개 사 오는 방법도 있잖아."

얘기를 하다 보니 괜히 잔소리가 길어졌다. 하지만 이제 선배로서 리더십을 발휘해야 하는 제자에게 꼭 가르쳐주고 싶은 게 있었다.

"누구나 지금처럼 마지 못해 먹는 배달 음식보다는 함께 먹을 생각을 하면서 기쁜 마음으로 사 들고 온 음식을 더 좋아할 거야. 내가 너한테 기대한 것처럼 말이야. 그러니 앞으로 또 이런 일이 생기면 배달시켜 먹을 생각하지 말고, 정성껏 준비해서 가도록 해, 알겠지?"

제자는 다시 한번 고개를 끄덕였다. 이제 그만해야지, 하고 생각했지만, 감독 때 버릇이 남아 한마디를 더 보탰다.

"입장 바꿔서 생각해 봐. 네가 후배한테 먹을 것 좀 사 오라고 했는데 지금처럼 빈손으로 오면 어떻겠니? 네가 어떤 표정으로 어떤 말을 할지 지금 내 눈에 훤하거든? 너도 이제 선배잖아, 후배들도 많이 생겼고. 운동만 잘하는 게 다가 아니야. 후배들을 배려하고 가끔은 이끌 줄도 알아야지. 사소한 것 같지만 이런 거 하나 결정 못 하면서 어떻게 후배들을 이끌겠어. 나는 네가 이런 상황에서는 어떻게 해야 하는지 후배들에게 가르쳐줄 수 있는 그런 사람이 됐으면 좋겠다."

제자 녀석도 처음에는 점심거리로 뭘 사가야 하나 고민했을 것이다. 그런데 내가 뭘 좋아할지, 혹시나 싫어하면 어쩌지, 하면서 혼자 이래저래 고민만 하다가 결국은 아무것도 못 사고 케이크만 사 왔을 것이다. 그러고는 '에이, 선생님한테 물어봐서 배달시켜 먹으면 되겠지.' 하고 생각했을 것이다.

하지만 이런 태도는 내가 해야 할 판단을 남에게 떠넘기는 것이다. 이렇게 하면 상대방은 어떻게 생각할까, 혹시 싫어하지는 않을까, 하고 남의 눈치만 보다가 아무것도 결정하지 못하고, 아무것도 못 하게 된다. 이것은 배려가 아니다. 다른 사람을 배려하는 것과 남의 눈치를 보는 것은 전혀 다르다. 그래서 나는 이런 태도의 바탕에는 자기 불신과 무책임과 회피 심리 같은 게 깔려 있다고 본다.

진정한 용기는 관심과 사랑에서 시작되는 것

스스로 판단하지 못하고, 결정을 내리지 못해 주저하는

것과는 다르지만, 다른 사람 생각은 하나도 안 하고, 오로지 자신이 하고 싶은 대로만, 자기 마음대로만 하는 것도 용기는 아니다. 정치권에서도 남의 말은 안 듣고, 자기 고집대로만 밀어붙이는 것을 용기나 추진력으로 착각하는 사람들이 있다. 정치는 사람들의 이야기를 귀 기울여 듣고, 사회 갈등을 조정하기 위해서 애쓰는 과정이어야 하는데, 자기만 옳다고 고집을 피우면서 밀어붙이기만 하면 오히려 갈등이 더 커지고 분열은 더 심각해진다. 이런 건 용기가 아니라 만용에 불과하다.

뭔가 결정한다는 것은 결과에 책임을 진다는 것을 의미한다. 그리고 그런 책임감이야말로 진정한 용기라고 하겠다. 그리고 그러한 용기는 상대방에게 관심을 가지고, 이해하는 데서 출발한다. 작게는 점심거리를 고르는 것부터, 크게는 정치적인 결단을 내릴 때도 상대방에 관한 관심과 애정이 없으면 쉽게 결정하지 못한다. 잘못하면 이리저리 눈치만 보다가 아무것도 결정하지 못하는 사람이 되거나, 자기만 옳다고 고집을 피우는 만용에 빠지게 된다.

평소 국민의 목소리, 지역 주민의 목소리, 이해 당사자의 목소리를 귀 기울여서 듣고, 문제가 있을 때는 그들의 입장에 서서 이해해보려고 노력하고, 소통하고, 설득하면서 답을 찾으려고 애쓰는 과정이 필요하다. 물론 이해와 소통, 설득의 과정이 반대와 반발을 완전히 없애지는 못한다.

아무리 훌륭한 선수가 골대 바로 앞에서 공을 던진다고 해도 백 퍼센트 들어가지 않는다. 그래도 평소에 잘 단련되어 있고, 목표가 어디인지 안다면 자신 있게 슛을 쏠 용기가 생길 것이고, 골을 넣을 확률은 올라갈 것이다. 이건 누구라도 마찬가지다. 평소 상대에게 관심을 가지고 이해와 소통을 위해 노력해왔다면, 그리고 원하는 목표가 무엇인지, 가고자 하는 곳이 어디인지 알고 있는 리더라면 분명 용기 있게 골대를 향해 달려갈 수 있을 것이다.

3

성공을 맛보면
지옥도 천국이 된다

"고기도 먹어 본 사람이 맛을 안다"고, 스포츠도 이겨본 사람이 승리의 짜릿함을 알고, 정상에 서본 사람이 정상의 기쁨을 아는 법이다. 정상에 선 기쁨을 아는 사람은 다시 그 자리에 오르고 싶은 열망이 가득할 수밖에 없다.

물론 정상에 오르는 길은 공짜가 아니다. 수없이 많은 고된 훈련이 기다리고 있다. 한 번 정상에 올랐다고 해서 다음번에 또 정상에 오른다는 보장도 없고, 지름길이 열리는 것도 아니다. 처음과 똑같이 길고 고된 훈련이 기다리고 있을 뿐이다.

하지만 정상에 서본 사람은 똑같이 길고 고된 훈련을 받더라도 정상에 서보지 못한 사람과는 한 가지 중요한 차이가 있다. 그것은 훈련이 아무리 힘들어도 이 단계를 거쳐야만 다시 정상에 우뚝 설 수 있다는 것을 안다는 점이다. 대회 기간이 다가오면 어떤 훈련을 집중적으로 해야 좋은 성적을 내는지 경험했고, 이 지옥 훈련을 견뎌냈기 때문에 금메달을 땄다는 것을 몸으로 이해하고 있다. 그래서 지금 내가 받는 이 훈련은 지옥이 아니라 나를 천국으로 데려가는 계단이라는 걸 알기에 행복하게 이겨낼 수 있는 것이다.

과정을 즐기는 사람만이 정상에 설 수 있다

운동이든, 시험이든, 취업이든, 사업이든, 우리는 성공에 이르기 전까지는 길고 고통스러운 시간을 감내해야 한다. 똑같이 노력한다고 해서 똑같은 결과가 보장되지 않는다. 그래도 우리는 그 시간을 거쳐내야만 한다. 어차피 겪어야 할 과정인데, 힘들다고만 생각하면 더욱 힘들어질 뿐이다. '지금은 힘들지만 이건 행복으로 가는 과정일 뿐이야.' 이렇게 끊임없이 되새기면서 스스로 희망과 긍정을 불어넣기 위해 애쓴다면, 날마다 다만 0.1%라도 점수가 올라가 있을 것이다.

지도자 생활을 할 때도 항상 선수들에게 강조했던 게 바로 이것이었다.

"지금 이 힘든 훈련들은 너희들이 행복해지기 위한 과정이야. 절대 힘들다고 생각하지 말았으면 해. 그리고 훈련이 끝나면 머릿속에서 핸드볼 생각은 잠시 털어버리고 너희들이 좋아하는 일을 찾아서 해. '힘들다, 힘들다, 힘들다'고만 생각하면 이 시간은 지옥이야. 하지만 '즐거운 과정이다, 행복한 과정이다, 행복해지는 과정이다.' 이렇게 생각하면 몸은 힘들지만 새로운 즐거움을 얻을 수 있고 성적도 너희에게 보답해줄 거야."

그렇게 내가 얻은 경험을 선수들과 나누기 위해 애썼다. 그러자 팀은 점점 좋은 성적을 내기 시작했고, 결국 우승까지 하게 되면서 선수들도 정상에 선다는 것이 어떤 느낌인지 완전히 깨닫게 되었다. 그때부터는 내가 굳이 말하지 않아도 선수들 모두가 정상에 서고 싶은 마음으로 꽉 차 있었고, 그러다 보니 강도 높은 훈련도 즐겁고 행복한 마음으로 이겨내고 있었다. 이런 선수들이 다른 팀으로 가게 되더라도 서울시청팀에서 느꼈던 승리의 기쁨을 다시 경험하고 싶어질 것이다.

일본에서 지도자 생활을 할 때도 마찬가지였다. 일본 핸드볼계 사람들한테서 "히로시마 팀 선수들은 진짜 최고다"라는 말을 정말 많이 들었다. 다른 팀에서도 자기 선수들한테 "히로시마 선수들의 정신력을 좀 보고 배우라"는 소리를 많이 했다고 한다. 당시 히로시마 선수들은 운동할 때만큼은 정말로 몸을 사리지 않았다. 일본 대표팀에 선발된 히로시마 선수들이 유독 두각을 나타내고, 지도자한테 칭찬도 많이 받았다는 얘기를 전해 들었다.

핸드볼도 정치도 임오경 스타일로

선수 시절 정상에 서 본 경험은 정치를 할 때도 큰 도움이 되었다. 국회의원이 되고 나서 첫 의정보고대회를 개최할 때의 일이다. 의정보고대회라고 하면 아는 사람들은 대부분 고리타분한 행사로 생각하기 마련이다. 당원이니까 어쩔 수 없이 자리를 채우는 재미없는 행사이자, '저 의원이 내 의정보고대회에 와 줬으니까 나도 가야지' 하는 마음으로 참여해 축사를 하고, 사진을 찍고 일어나는 아주 형식적인 행사로 생각하는 게 대부분이다.

나는 그런 형식적인 틀에서 벗어나고 싶었다. 의정보고

대회가 TV 예능프로그램 같을 수는 없지만, 그래도 판에 박힌 듯 똑같이 진행되는 그 틀만은 바꿔보고 싶었고, 조금이라도 덜 지루하게, 조금이라도 재미있게 해 보고 싶었다. 그렇게 보좌진과 날마다 머리를 맞대고 여러 가지 아이디어를 짜내어 실행에 옮겼다.

안 해본 걸 하려면 당연히 시간도 더 걸리고, 에너지도 더 써야 한다. 나는 물론이고, 보좌진들도 밤늦게까지, 때로는 거의 밤을 새우다시피 하면서 준비했다. 보좌진 중에는 이미 국회에서 잔뼈가 굵은 베테랑도 있었는데, 전과는 다른 새로운 형식의 의정보고대회를 준비하려니 많이 힘들었을 것이다. 어쩌면 마음속으로는 '그냥 하던 대로 하면 될 걸, 왜 이러나 몰라. 죽자 살자 준비해봐야 의정보고대회가 의정보고대회지, 뭐가 그렇게 달라질 거라고….' 하면서 불만을 가졌을 수도 있다.

그래도 나는 자기 이야기만 실컷 하고 끝내는 행사가 아니라, 하나를 보고하더라도 조금이라도 덜 지루하게 하고 싶었고, 다른 사람 이야기를 들어보는 시간도 만들어보고 싶어서 우리 당에서 입담 좋기로는 단연 일등인 정청래 의원과 아나운서이자 방송인 출신인 박성준 의원께 부탁해서 토크 콘서트도 준비했다.

의정보고는 내가 직접 나서서 프레젠테이션 방식으로 진행하되, 최대한 부드러운 분위기에서 진행될 수 있도록 연습에 연습을 거듭했다. 행사 때 보여줄 영상을 만들 때도 좀 더 감각적으로, 속도감 있게 만들려고 했다. 행사 직전까지도 무대 뒤에서 어떤 말을 하는 게 나은지 대본을 고치고, 또 고쳤다.

작은 승리가 쌓이고 쌓여 더 큰 승리로

힘들게 준비한 의정보고대회의 막이 올랐다. 당의 여러 의원들과 문화예술계와 체육계 손님들, 그리고 당원과 시민들로 행사장은 무척 붐볐다. 하지만 나는 신경이 곤두서 있었다. 이분들에게 오늘 행사가 어떻게 보일지 걱정이 앞섰다. 준비는 한다고 했는데, 혹시 지루하지는 않을까? 재미가 없어서 중간에 일어나는 사람들이 있으면 어쩌지? 정말 별의별 생각이 다 들었다.

다행히 의정보고대회는 무사히 끝났다. 중간중간 박수소리와 웃음소리도 자주 터져 나왔다. 너무 긴장한 탓인지 의정보고대회가 끝났는데도 끝난 것 같지가 않았다. 이번 의정보고대회에는 3선 이상 중진 의원님들도 여럿 오셔서 자리를 빛내주셨는데, 행사가 끝나고 이런 말씀을 해주셨다.

"오늘 임오경 의원의 의정보고대회에 와서 뭔가 깨닫고 가네."

문화예술계와 체육계 손님들도 의정보고대회를 많이 찾아주셨는데, 무대에 서는 것을 직업으로 하는 분들인데도 이번 행사가 마치 콘서트장에 있는 것 같다면서 칭찬을 아끼지 않았다. 시민들도 지금까지 판에 박은 듯한 의정보고대회만 생각하고, 그냥 자리나 채워주자는 마음으로 왔는데, 생각보다 지루하지 않아서 좋았다고 말씀해주셨다. 정말 많은 손님들과 시민들이 끝까지 자리를 지켜주셨다.

이런 얘기를 들으니 행사를 준비하면서 쌓인 피로와 온갖 스트레스가 한 방에 날아가는 것 같았다. 그게 어디 나 혼자뿐일까? 의정보고대회를 한번 바꿔보자고 함께 애쓴 보좌진들과 당원들도 마찬가지였을 것이다. 사람들의 칭찬과 격려를 들으면서 지금까지 힘들게 준비했던 시간이 행복했던 순간으로 확 바뀌는 것을 느꼈을 것이다. 행사가 모두 끝나고 나서 보좌진 막내에게 수고했다고 한마디 건네니, 모두가 활짝 웃었다.

보좌진들과 당원들에게도 내가 선수 시절에 느꼈던, 정

상에 선 느낌을 경험하게 하고 싶었다. 비록 작은 행사 하나에 불과했지만 힘들게 준비한 결과가 보람 있고 성공적이라면 다음에 또 행사를 준비할 때도, 혹은 더 큰 사업을 준비할 때도 지금의 성공을 떠올리며 힘들어도 열심히 준비할 수 있을 것이다. 우리는 그렇게 더 큰 성공으로 가는 계단을 한 발 한 발 딛고 오르고 있다.

2부

열정과 배려의 리더십이 선수를 성장시킨다

1

성공하는 지도자, 실패하는 지도자

세상 모든 분야가 그렇듯 다양한 유형의 사람들이 있다. 지도자도 그렇다. 2014년에 쓴 내 박사 학위 논문 〈지도자들의 구술사와 현상학적 분석으로 본 한국 여자핸드볼〉(한국체육대학교 대학원)의 주요 내용은 한국 여자핸드볼의 전성기를 이끌었던 국가대표팀 감독들의 리더십에 관한 연구였다.

난세는 영웅을 만든다

1988년 서울 올림픽에서 대한민국 구기 종목 사상 첫 금메달을 일궈낸 고병훈 감독님, 1992년 바르셀로나 올림픽 금메달과 세계선수권대회 우승이라는, 전무후무한 그랜드슬램을 달성한 정형균 감독님, 그리고 아시아 지역 예선 탈락이라는 충격적인 위기 상황에서 지휘봉을 잡아 세계선수권대회 3위, 그리고 2004년 아테네 올림픽에서 '우생순'의 신화를 만들어낸 임영철 감독님까지. 나는 이 세 분의 리더십에 관한 연구를 통해 여러 가지 공통점과 차이점을 발견할 수 있었다.

우선 세 분 모두 어려운 상황에서 지휘봉을 잡았다. 난세에 영웅이 난다 하지 않는가. 고병훈 감독님은 1984년 로스앤젤레스 올림픽에서 은메달을 차지했던 대표팀이 1986년 세계선수권대회에서는 16개 팀 중 11위를 하는 비상 상황에서 감독으로 선임되었다. 정형균 감독님은 서울에서 열린 1990년 세계선수권대회에서 한국이 11위에 그쳐, 5위 안에 들어야 획득할 수 있는 올림픽 자동 진출 티켓을 놓친 상황에서 감독이 되었다. 정 감독님은 감독 선임 당시 나이가 36세로, 연공서열을 중시하는 문화 속에서 '너무 어린 거 아니냐?' 하는 논란까지 있었다. 임영철 감독님은 2004년 아테네 올림픽 아시아 지역 예선 탈락이라는 충격적인 상황에다, 잇따른 실업팀 해체라는 극악의 조건에서 감독을 맡게 되었다.

주위의 많은 우려와 논란이 뒤따랐지만 세 분 모두 '할 수 있다'는 신념과 고집으로 여러 난관을 헤쳐나가면서 자신만의 철학대로 팀을 이끌고 나갔다. 선수를 선발하는 과정에서도 여러 논란과 반대를 무릅쓰고 자기 뜻을 관철시켰다. 명확한 지도 철학과 신념을 세우고, 반대 목소리를 정면 돌파하면서 끝까지 최선을 다한 것이 이 세 분이 가진 공통점이라고 할 수 있다.

반면 3인 3색이라고 차이점도 있었다. 먼저 고병훈 감독님은 전통적인 스파르타식 훈련을 추구하는, 강력한 카리스마로 선수들을 휘어잡는 스타일이었다. 스스로 핸드볼에 미쳐 있다고 할 만큼, '불광불급(不狂不及, 미치지 아니하면 일정한 정도나 수준에 미치지 못한다)'이 무엇인지 온몸으로 보여주었다. 안정된 체육교사직을 내려놓고 막 창단한 실업팀인 초당약품의 사령탑을 맡았고, 감독 부임 전에 학교에서 받은 퇴직금으로 로스앤젤레스 올림픽 핸드볼 경기를 관전하러 갈 정도로, 본인 스스로 훗날 "지금 생각하면 그때 왜 그리 핸드볼에 미쳐 살았는지 모르겠어."라고 회상할 정도로 온몸을 불사르다시피 한 분이었다.

카리스마적 리더십의 전형, 고병훈 감독님

고 감독님은 카리스마적 리더십의 전형이라 할 수 있다. 선수들에게 한국 구기 종목 사상 첫 금메달이라는 원대한 목표를 제시하고 이를 받아들이게 한 후, 지도자에게 무조건적인 복종을 요구하고, 지도자를 따르면 선수들이 원하는 것을 얻을 수 있다는 기대감을 심어주었다. 그렇기에 선수들은 혹독한 스파르타식 훈련을 묵묵히 견뎌낼 수 있었을 것이다.

그렇다고 아무렇게나 주먹구구식 훈련을 고집한 것은 아니었다. 고 감독님은 한국 팀의 고질적인 문제점으로 체력 부족을 꼽았다. 세계의 강호들과 잘 싸워놓고도 후반 마지막 10분에 급격한 체력 저하로 무너지는 사례가 자주 있었기 때문이었다. 그래서 마지막 10분을 버티는 체력을 키우는 것, 이걸 첫 번째 과제로 설정했다. 또한 유럽 선수들에게 밀리지 않을 힘만 뒷받침된다면 스피드는 저절로 좋아진다는 것을 알고, 핸드볼 선수 훈련 프로그램에 처음으로 웨이트트레이닝을 넣기도 했다.

다만 이러한 카리스마적 리더십에는 부작용이 따르기 마련이다. 부상이 있거나 컨디션이 안 좋을 때도 지도자의 강한 카리스마와 혹시라도 탈락할 수 있다는 위기감 때문에, 선수들은 아파도 아프다는 말을 할 수 없었다. 1984년과 1988년 올림픽 때 국가대표로 선발된 손미나 선수의 경우, 올림픽이 끝난 후 무릎 연골이 모두 파열되었다는 판정을 받고 수술대에 올라야 했다. 선수 개인에게는 너무나 안타까운 일이지만, 이건 지도자 개인의 문제라기보다는 시대적 한계라는 것을 고려하지 않을 수 없을 것 같다. 그럼에도 그 자신이 누구보다 핸드볼에 미쳐 있었고, 원대한 목표와 꿈을 선수들에게 심어주었기 때문에, 선수들이 그 혹독한 시간을 묵묵히 버텨낼 수 있었을 것이다.

'한국형 핸드볼'의 개념을 정립한 정형균 감독님

정형균 감독님 역시 고강도 훈련으로 선수들을 몰아붙였지만, 한국 선수로는 최초로 외국에서 활동한 경험을 살려, 이전의 스파르타식 훈련보다는 좀 더 과학적이고 체계적인 방식을 도입하기 위해서 노력했다. 어느 팀에도 뒤지지 않는 승부 근성을 기르고, 체격 좋은 유럽 선수들을 상대하기 위한 체력 훈련, 그리고 경기 중 어떠한 상황이 닥치더라도 흔들리지 않는 팀워크 구축, 여기에 선수 개개인의 신체적 장단점을 파악해서 체계적으로 이루어지는 훈련이 정 감독님의 훈련 철학이라고 할 수 있다.

특히 정 감독님은 비디오 자료를 통한 전력 분석을 아주 중요하게 생각하셨다. 정 감독님이 한국체육대학교 핸드볼팀 감독으로 부임했을 때 당시 감독 월급의 15배에 달하는 거금으로 비디오카메라를 구입해 경기마다 비디오 촬영을 해서 분석할 정도였다. 1995년 《경향신문》에서 정 감독님을 인터뷰했을 때, 감독님의 연구실 책장을 빽빽하게 채우고 있던 것은 책이 아니라 1천여 개의 비디오테이프였다.

1992년 바르셀로나 올림픽을 앞두고는 대회가 시작되기도 전에 이미 다른 참가국과의 경기를 머릿속에서 시뮬레이션해 두었을 정도로 철두철미하게 상대 팀을 분석했다. 경기를 마치고 나면 다들 '오늘도 죽었다' 싶을 정도로 비디오 분석 시간을 길게 가졌는데, 그때마다 선수 한 사람 한 사람의 실수를 몇 번이나 되돌려 보면서 날카롭게 지적했다. 바르셀로나에서 처음 올림픽 무대에 선 나도 비디오를 얼마나 많이 봤던지, 처음 보는 상대인데도 마치 몇 번이나 경기를 해 본 것 같은 느낌이 들 정도였다.

정 감독님의 리더십은 조직 구성원의 가치체계와 신념을 변화시켜 조직의 성과를 재고하려는 변혁적 리더십이라고 할 수 있다. 카리스마적 리더십을 가지고 있기는 했지만, 무조건적인 순응보다는 명확한 목표 설정과 철저한 분석을 통해 선수들이 왜 감독의 요구에 따라야 하는지를 이해시켜 능동적으로 따라올 수 있게 만들었다. 정 감독님은 이 시기에 힘을 앞세운 유럽 핸드볼에 맞서 팀워크를 무기로 하는 '한국형 핸드볼'의 개념을 정립했다고 할 수 있다.

'우생순'의 신화를 이끌어낸 '밀당'의 고수, 임영철 감독님

마지막으로 임영철 감독님은 아테네 올림픽 아시아 지역 예선 탈락, 잇따른 실업팀 해체, 그리고 올림픽 진출을 위한 마지막 기회인 세계선수권대회를 겨우 한 달 남겨놓고 지휘봉을 잡았다. 임 감독님은 이런 최악의 조건에서 마지막 카드로 나를 포함한 '아줌마 부대'와 신예들을 섞어서 팀을 구성해 겨우 한 달 만에 세계선수권 3위라는 놀라운 성적을 거두었다.

임 감독님은 변화하는 시대에 맞는 리더십을 모색하는 과정에서, 신·구세대의 조화를 통한 끈끈한 팀워크를 만들어 나갔다. 또한 강압적인 훈련 방식 대신, 할 때는 하고 쉴 때는 쉬는 자발적이고 여유로운 훈련을 추구했다. 동유럽에서 지도자 생활을 한 경험을 바탕으로 부드러운 카리스마와 합리적인 리더십을 추구했다. 노장 선수들도 임 감독님을 자발적으로 따르지 않을 수 없었다. 이런 임 감독님의 리더십을 한마디로 요약하면 '상호작용적 리더십'이라고 할 수 있다.

시대도 변했고, 노장 선수들에게는 더 이상 강압적인 리더십이 통하지 않는다. 오히려 반발만 불러온다. 그래서 임 감독님은 선수들을 혹독하게 몰아붙이다가도, "너 힘든 거 아는데, 한 번만 더 해보자"라고 하거나, "(오)성옥아, 조금만 더 뛰어라. 후배들이 보고 있잖아" 하면서 부탁도 하고 애원하는 모습을 보여주기도 했다. 꽉 조이다가도 쓱 풀어주고, 또 풀어주는 것 같다가도 확 조이는, 심리전에 능한 분이었다.

또한 과거에는 베스트 멤버들이 전후반 60분을 모두 소화할 수 있는 체력을 요구했다면, 임 감독님은 노장 선수들의 체력적 한계를 이해하고, 아예 팀을 A팀과 B팀으로 나누어 교체를 통해 체력을 안배하는 작전을 구사했다. 노장의 경험과 젊은 선수들의 체력·패기를 조화시켜서 베스트 멤버만이 아닌, 팀 전체가 경기를 뛴다는 임 감독님의 철학이 아테네 올림픽에서 '금메달보다 더 값진 은메달'이라는 찬사를 받은 '우생순'의 드라마를 만들어낸 것이다.

임 감독님은 전통적인 카리스마적 리더십과 변혁적 리더십을 잘 배합했고, 선수들의 심리, 지도자와 선수의 관계를 잘 이해하면서 때로는 강하게, 때로는 낮은 자세로 노장과 신예가 섞인 팀을 장악해 나갔다. 그야말로 '밀당'의 고수랄까.

나는 바르셀로나 올림픽을 시작으로 아테네 올림픽까지, 세 번의 올림픽에서 정 감독님과 임 감독님의 지도를 받았다. 이후 내가 지도자로 활동할 때도 위 세 감독님들의 철학과 리더십은 나에게 많은 영향을 주었고, 그분들의 장점을 받아들이고 활용하기 위해 노력했다. 특히 체격과 힘의 열세를 극복하기 위해 팀워크를 강조하고, 선수들 사이의 끈끈한 유대감을 구축한 리더십은 내가 감독으로 선수들을 이끌 때도 중요한 목표가 되었고, 개인주의 성향이 강한 일본에서도 한국적 팀워크를 이식하기 위해 노력했다.

실패하는 지도자의 몇 가지 유형

반면, 선수와 감독 생활을 통해 만난 다양한 유형의 지도자들 중에는 팀에 자주 불화가 일어나는, 성적을 잘 낼 때도 있지만 꾸준한 성적을 내지는 못하는, 전성기가 금방 끝나버리는 지도자도 있다. 이러한 지도자들도 몇 가지 유형이 있다.

먼저, 사고방식이 과거에 멈춰 있는 유형이다. 이미 21세기를 20년 이상 넘겼는데도 여전히 생각이 1990년대에 멈춰 있는 듯한 그런 지도자이다. 무조건 성적을 내는 데만 집착하고, 그 성적을 내기 위한 방법이 과거를 답습하는 식이다. 무조건 '성적'과 '연습'만을 외치면서 대회 기간에는 외출 외박 한 번 쉽게 못 나가게 한다. 가족의 일원으로서, 여자로서 사람답게 살면서 직업의식을 가져야 하는데, 이런 유형의 지도자는 선수를 사람이 아니라 운동 기계로 본다고 할까.

선수들이 어리고 경험이 부족할 때는 잘 모르니까, 또 선생님이 하라고 하니까 독려하는 대로 따라가고, 그러다 보면 성적이 잘 날 수 있다. 하지만 시간이 흐르고 선수들의 머리가 굵어지면 얘기가 달라진다. 자주 불화가 일어나고, 팀에 오래 남아 있으려 하지 않는다. 그러면 선수들이 이탈하고 팀워크가 무너진다. 한 번 정도는 우승할 수 있지만 꾸준히 좋은 성적을 낼 수는 없다.

어떤 감독은 세상이 변했는데도 과거 여자 선수들을 함부로 대하던 그 버릇대로 거친 말을 입에 올리고, 선수를 지도한다는 명목하에 동의도 없이 신체적인 접촉을 하기도 한다. 그런 모습을 볼 때면 깜짝 놀란다. 세상은 이만큼 변했는데, 우물 안 개구리처럼 자기만의 세계에 갇혀 과거의 방식만을 답습하면서 그게 세상의 전부인 것처럼 으스대는 꼴이다. 도무지 바깥세상을 보려고 하지 않는다.

지도자가 아닌 매니저, 정치꾼, 성적지상주의 감독

또 다른 유형은 감독의 탈을 쓴 매니저다. 선수가 감독 노릇을 하고 감독은 자리만 지키고 있는 유형으로, 운동은 선수들끼리 알아서 하고, 감독은 어쩌다 한 번 와서 그냥 가만히 보고만 있다가 가는 식이다. 자율성을 중시한다고 그럴듯하게 포장할 수는 있겠지만, 선수들을 가르쳐야 하는 지도자로서 자기 역할을 포기한 것이다.

이런 팀의 속내를 살펴보면 주로 스타 선수가 팀을 떠날까 봐 감독이 겁을 먹은 경우가 많다. 팀에 기량이 뛰어난 스타플레이어가 있고, 이 선수가 팀을 휘어잡고 있으면 감독은 혹시라도 이 선수가 자기와 불화가 생겨 팀을 떠날까 걱정한 나머지, 감히 '지도'할 엄두를 내지 못하고 선수에게 끌려다닌다. '자율성'도 지도자가 팀을 통제하는 선에서 이루어져야 하는 것이지, 지도를 포기할 정도면 자율이 아닌 방관이라고 해야 할 것이다.

'정치'에만 관심이 많은 감독도 있다. 감독이 나이가 많을 경우, 코치가 감독 대신 운동을 지도하는 경우가 종종 있는데, 혹시라도 코치가 자기 험담을 하지는 않는지, 꼬투리 잡을 만한 행동을 하지는 않는지 감시하기 위해 선수 중에 스파이를 심어두고 고자질하도록 하는 감독도 있다. 운동보다 정치에 더 관심이 많은 감독은 선수를 지도하는 시간보다 구단이나 모기업의 윗사람들과 지내는 시간이 더 많다. 심지어는 대낮부터 높으신 분들과 술자리를 가지고는 얼굴이 벌게진 채로 체육관에 나타나는 분도 있을 정도다.

성적지상주의에 빠져서 선수들을 몰아붙이기 일변도로 지도하는 '스파르타식' 감독 중에는 의외로 이 팀 저 팀 잘 옮겨 다니면서 지도자 생활을 이어가는 사람들도 있다. 새로운 팀에 부임하면 선수들을 쥐어짜서 어떻게든 성적을 내려고 안간힘을 쓴다. 실업팀을 지도하는데, 선수들 몰아붙이는 모습을 보면 마치 중학생 다루듯 한다.

선수들을 쥐어짜고 성적에만 목을 매면 1년 정도는 성과가 좋을 수 있다. 하지만 그게 한계이다. 이듬해에 성적이 추락하면 팀에서 잘리게 되고, 또 다른 팀으로 가서 반짝 성적을 낸 다음에 또 금방 잘리는 과정을 반복한다.

팀에 정착 못 하고, 이 팀 저 팀 자주 옮겨 다니지만 어쨌거나 새로 부임한 팀에서 1년이라도 좋은 성적을 내면 '가는 팀마다 우승하는 감독'이라는 별칭을 얻을 수도 있다. 구단이야 당장이라도 성적을 내는 게 아쉽다면 이런 감독을 필요로 할 수 있겠지만, 이런 사람을 과연 좋은 지도자라고 할 수 있을지는 의문이다.

성공하는 지도자가 되기 위한 조건들

한국 핸드볼의 전성기를 이끈 세 분의 감독님들은 스스로 핸드볼에 미쳐 있다고 할 정도의 열정, 혹독한 훈련에도 선수들이 믿고 따르게 하는 리더십, 명확한 목표 설정과 목표를 달성하기 위한 치밀한 계획, 그리고 실행력을 공통으로 가지고 있었다. 세 분은 시대의 차이, 지도자로 성장해온 배경의 차이, 지도 철학과 방법론의 차이가 있었지만, 각자 자신이 처한 위치에서 최고의 리더십을 보여주었다. 핸드볼 지도자로서도, 국회의원으로서도, 이 세 감독님의 리더십은 나에게 많은 영향을 주었다.

소리 지르고 몰아붙이면 다 되는 줄 아는 리더, 지도자의 역할은 뒷전으로 미뤄놓은 채 윗사람들에게 잘 보이려고 정치에만 몰두하는 리더가 단지 스포츠계에만 있는 것은 아닐 것이다. 이런 사람들은 타산지석으로 삼는 것 말고는 다른 도리가 없을 듯하다.

나는 어렸을 때부터 선생님이나 선배들의 모습을 보면서, '나는 저렇게는 하지 말아야지' 하는 생각을 자주 했다. 시간이 지나 내가 선배가 되고, 지도자가 되었을 때는 정말로 과거의 나쁜 관행이나 폐습을 되풀이하지 않으려고 무던히 애를 썼다. 그리고 이런 기억들이 내가 지도자 공부를 하고, 논문을 쓰는 동안 머릿속에서 자주 맴돌았다. 어렸을 때는 그게 뭔지 정확히 몰랐지만, 이제 와 생각해보니 그때도 어렴풋이나마 리더십에 관해 고민하고 있었구나, 싶었다.

스포츠 지도자로서만이 아니라, 어느 조직을 이끌더라도 성공한 지도자들의 장점은 잘 활용하고, 실패한 지도자들의 문제를 답습하지 않으려 노력한다면, 조직 구성원들에게 동기를 부여하고, 능동적으로 목표를 향해 나아갈 수 있는 조직을 만드는 데 큰 도움이 될 것이다.

2

성공한 리더는 한계와 장벽을 뛰어넘은 사람

"명선수는 명장이 될 수 없다"라거나 "선수 때 빛을 못 보던 사람이 명장이 된다"는 말이 있다. 후자의 대표적인 사례가 축구 국가대표팀의 영원한 감독 거스 히딩크일 것이다. 히딩크 감독은 네덜란드에서 선수로는 두각을 나타내지 못했지만, 지도자로서는 축구 역사에 길이 남을 발자취를 남겼다.

명선수가 꼭 명장이 되지는 않아

핸드볼 종목에서는 어떨까? 뛰어난 실력으로 화려한

선수 시절을 보낸 뒤 지도자가 되어서도 크게 성공한 사람도 많지만, 반면 현역 시절에는 국가대표로서 올림픽 우승 신화의 주역이었던 선수가 지도자가 되고 나서는 실패를 거듭한다거나, 또 어떤 선수는 반짝 성공한 후 더 이상 기대에 부응하지 못하고 실망스러운 성적으로 인해 주저앉은 경우도 있다.

비인기종목 출신인 나는 핸드볼의 발전을 위해서는 가능하면 스타 선수 중에서 스타 지도자가 나오는 게 좋다고 생각한다. 어떤 종목이든 선수 시절 대중들에게 얼굴이 알려지고 인기가 있었던 사람이 지도자가 되면, 그 사람의 스타성으로 인해 해당 종목까지도 더 많은 사람의 주목을 받을 수 있기 때문이다. 지도자가 대중의 주목을 받으면 그 팀에도 관심이 쏠리고, 종목 자체의 인기에도 도움이 될 수 있다.

반면 선수 시절에는 크게 주목받지 못했지만, 지도자로서는 뛰어난 역량을 보여주는 분들도 있다. 다만 이런 분들은 지도자가 되어서 대중들의 주목을 받는 일과 자기를 드러내는 것을 어려워하거나 꺼리는 경우도 있다. '성적만 잘 내면 되지, 쇼맨십이 뭐가 중요해?' 이런 생각이 잘못된 건 아니지만, 요즘은 스포츠가 주목받고 인기를 얻으려면 선수만이 아니라 지도자에게도 스타성은 필수 요소이다.

뛰어난 선수는 기본적으로 평범한 선수보다는 지도자가 되는 데 있어 더 유리한 위치에 있다. 어떤 종목이든 운동 능력이 뛰어난 선수는, 특히 팀 경기를 하는 종목의 에이스 선수는 개인 기량도 출중하겠지만, 경기 전체의 흐름을 읽는 눈, 작전 수행 능력, 동료 선수와의 호흡 및 팀을 이끌어가는 리더십 등 여러 방면에 다양한 능력을 갖추고 있을 가능성이 높다. 이런 선수라면 지도자로도 충분한 자질이 있다고 봐야 하지 않을까?

또 한편으로는 선수와의 관계를 풀어가는 데도 스타 선수 출신이 더 유리할 수밖에 없다. 현역 시절에 뛰어난 성적을 냈던 감독이나 코치라면 선수들도 어렵지 않게 신뢰할 것이고, 이들의 지시에도 잘 따를 것이다. 하지만 현역 시절 별로 두각을 나타내지 못했던 사람이 감독으로 왔을 때, 이 사람의 지시를 선수들이 전적으로 믿고 따를 수 있을까? '그렇게 잘 아는 사람이 현역 때는 왜 그것밖에 못 했지?' 하고 속으로 무시하거나 깔볼 수도 있을 것이다.

자기중심적 사고방식이라는 함정

하지만 이런 유리한 고지에 있는 스타 선수 출신 지도자들이 모두 성공하는 것은 아니다. 그저 그런 지도자가 되는 사례도 많고, 실패하는 사례도 적지 않다. 왜 그럴까?

스타 선수들은 항상 스포트라이트에 둘러싸여 있고, 어디에서든 대접받는 위치에 있다 보니, 자기도 모르게 모든 걸 자기중심적으로 생각하기 쉽다. 그렇다 보니 타인을 이해하지 못하고, 이해하려고 하지도 않는다.

선수일 때도 팀플레이를 하려면 에이스로서 다른 선수들을 이해하고 이끌어줄 수 있는 리더십이 필요하지만, 그게 부족하더라도 팀에 좋은 지도자가 있다면 자기 플레이만 잘하고, 작전만 잘 따라도 성공할 수 있다. 하지만 지도자가 되면 이제부터는 스스로가 리더십을 발휘해야 한다. 그런데 지도자가 되어서도 여전히 선수 때처럼 자기중심적 사고에서 벗어나지 못한다면 다양한 능력과 성향을 지닌 선수들을 이해하지 못하게 되고, 팀의 화합과 팀워크 구축에 어려움을 겪을 수밖에 없다.

스타 선수 출신 지도자의 자기중심적 사고가 특히 문제가 되는 이유는, 자신의 눈높이로만 선수를 보고 가르치기 때문이다. 이런 지도자들은 말투에서부터 자기 생각이 묻어나오는데, 어떤 스타 선수 출신 감독은 훈련 때 선수들에게 이런 말을 많이 한다.

"아니, 이게 안 돼? 그걸 왜 못 해?"

선수들이 훈련 중에 뭔가를 잘 못하는 것 같으면, "나는 이렇게 하는데, 너희들은 이것도 못 해? 이게 안 돼?" 하는 식으로 선수들을 압박하는 것이다. 감독이 이런 식으로 말하면 선수들은 충격을 받을 수밖에 없다. 그 팀에 재능 있는 선수가 있다면 감독이 원하는 바를 어느 정도는 따라주겠지만, 그렇지 못한 선수들은 주눅이 들거나, '그래, 너 잘났다' 하는 식으로 냉소적인 태도를 보이며 돌아설 것이다. 그때부터 감독은 잘하는 선수와 못하는 선수를 비교하면서 잘하는 선수만 편애하는 함정으로 빨려 들어가게 된다.

운동 시절 나에게 가장 큰 영향을 준 사람

어느 팀에든 에이스가 있고, 에이스급은 아니지만 주전으로 뛰는 선수가 있고, 후보 선수가 있다. 에이스만 있고 후보가 없는 팀은 없다. 지도자는 에이스부터 후보까지 모든 선수를 이해하고, 다독이고, 동기를 부여하면서 한 팀으로 뭉칠 수 있도록 이끌어야 한다. 그런데 선수 시절에 이름 좀 날렸다고, 자기중심적 사고방식이 몸에 배 있으면 지도자가 되어서도 에이스 선수만 편애하고 다른 선수들은 외면한다. 그러면 팀에 불화가 생기고, 팀워크는 깨지고, 감독에게 외면받는 선수는 팀을 이탈하는 일까지도 벌어진다.

우리나라는 아직까지 여자 핸드볼팀 감독을 남자가 맡는 경우가 많은데, 남자 지도자의 경우 여자 선수들을 더더욱 이해 못 한다. 남자와 여자는 선천적으로 체격과 체력의 차이가 있는데, 남자들은 이 차이를 쉽게 이해하지 못한다. 여기에 자기중심적 사고까지 가진 지도자라면 '왜 이런 것도 못하는지…' 하고 갑갑해할 뿐이다. 이런 식으로 한숨이나 쉬고 호통만 치는 감독의 말을 선수들이 들을 리가 없다.

다행히 나는 일찌감치 이런 문제를 깨달을 수 있었다. 보통 운동선수에게 "당신에게 가장 큰 영향을 준 사람은 누구인가?"라고 물으면, 대부분은 부모님 또는 지도자를 떠올릴 것이다. 그런데 나는 부모님, 지도자와 함께 동료 선수들을 꼽았다.

학창 시절 나는 운동을 할 때 선생님이 하나를 가르쳐 주면 서너 개씩을 하는 아이였고, 그렇게 안 되면 될 때까지

잠을 못 잘 정도로 승부 근성이 강한 아이였다. 그러다 보니 내 눈에는 동료 선수들의 부족한 모습이 자꾸 들어올 수밖에 없었다. 핸드볼은 나 혼자 잘한다고 이길 수 있는 운동이 아니었기에, 시합에 나가서 이기려면 동료들이 잘해줘야 한다. 그래서 나는 동료들이 잘할 수 있는 방법을 찾기 위해 수도 없이 고민했다.

당시 운동부 선생님들은 대체로 세심한 면이 부족했기에 선수 개개인의 장단점을 이해하고, 적절한 역할을 짜주기보다는 "아니, 이것도 못 해?" 하는 식으로 호통이나 치기 일쑤였다. 그러니 나라도 뭔가를 해야 했다. 이후로 동료들을 볼 때면 단점만 보기보다는 어떤 장점이 있는지 살펴, 약점은 내가 보완해줄 테니 네가 잘하는 걸 열심히 해달라고 부탁하기도 하고, 적절한 순간에 패스하는 방법 같은 것을 가르쳐주기도 했다. 어린 나이에 반쯤 감독 행세를 한 셈이었다.

성공한 지도자, 성공한 리더의 조건

그렇게 동료 선수들, 더 나아가서는 상대편 선수의 장단점을 관찰하고, 나보다 잘하는 선수가 있으면 '저런 건 나도 배워야지' 하면서 조금씩 발전할 수 있었다. 내가 그 시절부터 '재는 왜 저것밖에 못 해?' '재는 왜 저것도 못 해?' 하는 식으로 동료들을 바라보았다면 나 역시 자기중심적인 사람으로 끝났을 것이고, 지도자가 되고 나서는 '명선수가 명장이 못 되는 이유'의 또 한 가지 사례가 되었을지도 모른다.

동료들을 통해 나 또한 더 발전할 수 있었고, 한편으로는 나도 모르게 지도자 수업까지 한 셈이었다. 이런 경험은 에이스부터 후보 선수까지, 한 사람 한 사람을 분석하고 이해하는 데 큰 도움이 되었다. 그러니 동료들은 나에게 선수로서도, 지도자로서도 가장 큰 영향을 준 선생님이었다.

선수 때는 크게 성공하지 못했지만, 지도자로 성공한 분들을 보면 온화한 성격에 선수들의 마음을 잘 이해하고, 선수 개개인에게 맞는 조련 방법을 찾아서 실행에 옮기는 분들이었다. 이런 분들이야말로 선수 시절의 한계를 뛰어넘어 남다른 리더십으로 단단한 팀워크를 구축한, 그야말로 지도자 체질이라고 할 수 있을 것이다. 물론 스타 선수 출신이 자기중심적 사고라는 함정에 빠지지 않고, 이런 덕목까지 갖추게 된다면 금상첨화겠지만 말이다. 어느 분야에서든 성공한 지도자, 성공한 리더는 결국 한계와 장벽을 뛰어넘은 사람이 아닐까 싶다.

3

드래프트 꼴찌 선수의 역전 드라마

서울시청 핸드볼팀 감독으로 있을 때, 고등학교 졸업 선수를 드래프트하기 위해 고교대회 우승팀을 방문한 적이 있다. 총 일곱 명이 드래프트 대상이었는데, 고등학교 선수들 중에서는 다들 상위권이었다. 일곱 명 중 여섯은 실업팀에 스카우트가 되었는데, 한 명은 어느 팀에서도 뽑지 않았다.

명마(名馬)는 눈 밝은 사람에게만 보인다

나는 그 선수를 고등학교 시절 내내 지켜봤었다. 운동

능력 면에서는 다른 여섯 명보다 조금 부족했지만, 성품도 착하고 훈련도 열심히 하는 선수였다. 나는 이 선수를 스카우트했다. 다른 감독들 눈에는 일곱 명 중 기량이 가장 떨어지는 선수였겠지만, 팀에 데려와서 보니 역시나 기대했던 대로 성격도 좋고 운동도 열심히 하는 선수였다. 다만 키가 작고, 상체에 비해 하체가 마른 신체적 약점이 있었다. 고등학교 때는 그 정도 키로도 문제가 안 되었지만, 실업팀은 그리 호락호락한 곳이 아니다. 여러 생각 끝에 포지션을 바꿔주기로 했다.

핸드볼은 한 팀이 7명이다. 골키퍼가 있고, 나머지 6명 중 3명은 상대 팀 진영 후방에서 레프트백-센터백-라이트백으로 자리를 잡는다. 그리고 남은 3명 중 2명은 전방에서 좌우 레프트윙-라이트윙으로 자리를 잡고, 마지막 1명은 중앙에서 피벗이 된다.

이 선수는 왼손잡이라서 지금까지는 주로 라이트백으로 뛰었는데, 이 '백' 포지션은 키가 큰 선수가 절대적으로 유리하다. 축구에서 백 포지션은 주로 수비 역할을 맡지만, 핸드볼에서는 패스는 물론 기회가 있을 때 적극적으로 슈팅도 해야 하므로 키가 클수록 확실히 유리하다. 하지만 전면에 나서는 윙 포지션은 속공을 주로 하므로 상대적으로 단신인 선수도 속도가 빠르면 수비벽을 파고들어 충분히 기량을 발휘할 수 있다. 그래서 라이트윙으로 포지션을 바꾸도록 한 것이다.

공교롭게도 원래 윙 포지션을 맡고 있던 주전 한 명이 도핑 문제로 출전을 못 하게 되었다. 그래서 이 포지션을 메우기 위해서라도 더 열심히 윙 포지션 훈련을 시켰다. 이 선수도 실업 무대가 고등학교 때와는 차원이 다르다는 것을 경험한 뒤로는, 본인이 살아남는 길은 윙 포지션에 적응하는 것뿐이라는 사실을 절실히 깨닫고 있었다. 원래부터 성실한 선수였기에 내가 굳이 시키지 않아도 스스로 하루도 빠지지 않고, 정말로 입에서 단내가 날 정도로 악착같이 훈련했다.

신체조건은 부족하지만 성실함만은 베스트

이 선수는 집중 훈련을 받기 시작한 지 3개월 만에 윙 포지션으로 경기에 나갈 수 있었고, 1년 만에 에이스로 우뚝 섰다. 모두가 놀랐다. 고등학교를 졸업할 때만 해도 계약금도 없이 자율선수로 팀에 들어왔던 선수가, 1년 만에 에이스가 되어 코트를 누비고 있으니 그야말로 대박이 난 것이었다.

선수 본인은 물론이고, 가족들이 느낀 감격은 말로 표현할 수 없을 정도였다. 실업팀에게 외면받았을 때는 운동을 포기해야 하나 싶을 정도로 절망적이었지만, 다행히 우리 팀에 지명을 받아 구사일생으로 살아남았다. 그런데 입단한 지 1년 만에 베스트 멤버로 발돋움하고, 팀이 우승해서 우승의 주역으로 스포트라이트까지 받게 되었으니, 선수 본인은 물론이고 가족들 또한 얼마나 기쁨이 컸겠는가.

이 선수는 신장과 체형에서 핸디캡을 안고 있었다. 타고난 조건은 베스트에 미치지 못했지만, 입단해서 하루도 운동을 쉬지 않았던 그 성실함만은 베스트가 되기에 충분했다. 물론 그렇게 하지 않으면 아예 경기를 뛸 수조차도 없다는 것을 잘 알고 있었기 때문에 악착같이 노력했던 것이고, 나 또한 이 선수의 성실함을 알고 있었기에 어떻게든 도움을 주기 위해 그토록 애를 썼던 것이다.

같은 슛이라도 백 포지션 선수의 슈팅과 윙 포지션 선수의 슈팅은 완전히 다르다. 그래서 처음 훈련할 때는 슛 10개를 쏘면 10개 다 실패할 때도 있었다. 울고불고하는 선수에게 계속 슛을 쏘게 했다. 나는 왼손 슈터가 아니었지만 같이 훈련하면서 요령도 알려주고, 선배 골키퍼까지 데려와서 날마다 훈련할 수 있게 도왔다. 선수 본인이 저렇게 악착같이 하는데, 어떻게 도와주지 않을 수 있겠는가?

이 선수와의 인연은 내가 감독을 그만두고 국회의원이

된 뒤에도 이어졌다. 의원실이 있는 의원회관으로 출근하는데, 누군가 나와서 반갑게 인사를 건네는 게 아닌가. 이곳은 일반인들이 쉽게 오갈 수 없는 곳이고, 국회에 아는 사람이 거의 없었던 나로서는 다정하게 인사를 건네는 이가 무척이나 고맙고 반가웠다. 누군가 싶어 다가가 보니 다름 아닌 이 선수의 아버지였다. 선수의 아버지가 국회에서 방호 업무를 맡고 있었던 것이다. 그후로 의원회관을 드나들면서 뵙게 되면, 선수의 근황을 전해 듣곤 했는데, 2023년 항저우 아시안게임 국가대표가 되었다는 소식에 뿌듯하고 대견했다.

팀과 선수를 성장시키는 지도자가 진짜 지도자

무조건 노력만 한다고 해서 원하는 게 다 이루어지지 않는다. 특히 타고난 신체조건이 큰 비중을 차지하는 스포츠에서는 더더욱 노력의 한계를 느끼게 된다. 그럼에도 자신의 장점과 약점을 알고 끊임없이 분투한다면 어떻게든 자신의 자리를 찾을 수 있을 것이다. 모두가 '베스트 멤버'가 되고 싶겠지만 모두가 '베스트 멤버'가 될 수는 없다. 그래도 팀에서든 조직에서든, 내가 꼭 필요한 존재가 되기 위한 노력은 필요하다.

선수에게 더 적합한 포지션을 찾아주는 것은 리더의 중요한 역할이다. 베스트 선수만 찾으려고 하고, 기량이 조금 부족한 선수를 향해서는 '실력이 저것밖에 안 돼? 왜 저것밖에 못 해?' 하며 미워하기만 해서는 팀을 이끌어갈 수 없다.

팀에는 에이스도 있고, 에이스까지는 아니더라도 주전 선수도 있고, 후보 선수도 있다. 다들 팀을 위해 필요한 선수들이다. 베스트 선수로만 팀을 채울 수도 없고, 설령 그렇게 한다 하더라도 과연 그 팀은 최고의 팀이 될 수 있을까? 오히려 모두가 자신이 베스트라고 생각할 테니, 모든 걸 자기중심적으로 하고 싶어 할 것이고, 그러다 보면 선수들 사이에 불화만 생기고 팀워크도 제대로 만들어지지 않아 팀을 유지하는 것조차 힘들 것이다.

선수의 장단점을 파악해 더 적합한 포지션을 찾아주지는 못하고, 도리어 선수에게 질책하는 지도자보다는 잘할 수 있는 일을 찾아주는 지도자가 당연히 한 수 위일 것이다.

좋은 선수가 많은 팀, 혹은 자금이 풍부해서 좋은 선수를 많이 데려올 수 있는 팀의 지도자로 가면 일단 유리한 고지를 차지한 셈이기는 하다. 하지만 이런 팀에 가서 좋은 성적을 거둔다고 해도 지도자로서 주위에서 좋은 평가를 받기는 어렵다. 다들 이른바 '선수빨'로 우승했다고 생각할 것이기 때문이다.

지도자의 가장 큰 기쁨과 보람은?

나는 일본 히로시마 메이플레즈 팀에 있을 때나 서울시청 팀에 있을 때나 이른바 '선수빨'은 별로 받지 못했다. 히로시마 메이플레즈 팀은 두 명을 제외하고는 핸드볼 선수 경험조차도 없다시피 한 오합지졸 팀이었고, 서울시청 팀 역시 2008년 창단 때부터 감독을 맡았지만, 처음 준우승을 차지한 게 2014년이었고, 첫 우승은 창단 8년 만인 2016년에야 겨우 해낼 수 있었다.

몇 년의 시간을 들여 선수들을 가르치고 훈련하면서 좋은 선수로 성장시키고, 우승할 수 있는 팀으로 만들어나갔다. 그렇게 성장한 선수들이 서울시청을 떠나 다른 팀에 가서도 에이스로 활약하는 모습을 보면 얼마나 흐뭇한지 모른다.

좋은 팀에 가서 좋은 성적을 내는 것도 지도자로서는 좋은 일이겠지만, 무에서 유를 만들 듯이 조금씩 팀과 선수를 성장시켜 어느덧 우승하는 팀이 되는 것, 또 우승을 이끄는 선수가 되는 모습을 지켜보는 것도 지도자로서는 큰 기쁨과 보람이다.

4

오합지졸에서 우승팀으로

1992년 바르셀로나 올림픽에 국가대표로 참가해 첫 금메달을 땄다. 한국체육대학교 2학년에 재학 중일 때의 일이었다. 정말 그때는 내가 대한민국에서 이룰 수 있는 건 다 이룬 것만 같았다. 이제는 더 큰 무대로 나가고 싶었다. 마침 그해 겨울부터 유럽 팀에서 제안이 들어오기 시작했다.

유럽 진출 대신 선택한 일본 신생팀

야구 선수는 미국 메이저리그 진출을 꿈꾸고 축구 선수

는 유럽 프리미어리그 진출을 꿈꾸듯이, 핸드볼 선수도 유럽 리그 진출을 꿈꾼다. 그런데 학교를 통해 일본에서 제의가 들어왔다. 히로시마에 여자 핸드볼팀이 창단되는데, 좋은 선수 있으면 추천해 달라고 했다는 것이다. 대학교 은사님께서는 나를 추천하고 싶다고 하셨다.

일본과는 예전부터 적잖게 인연이 있었다. 고등학교 때 제2외국어로 일본어를 배웠는데, 고교 핸드볼대회 우승 기념으로 일본에 갔을 때는 일본 선수들과 초보적인 수준이지만 대화를 할 수 있었다. 대학교 때도 교류할 기회가 많았는데, 2학년 때는 일본어를 교양과목으로 듣기도 했다.

하지만 핸드볼 선수로서 일본 무대에 서는 건 한 번도 생각해 보지 않은 일이었다. 우선 한국보다 핸드볼 수준이 떨어졌기 때문에, 당시 더 큰 무대에 도전하고 싶었던 나에게는 전혀 고려 대상이 아니었다. 게다가 신생팀이라니…. 어떻게 할까 고민하다가 정말로 엉뚱한 생각을 하게 됐다.

'그래, 신생팀이라 이거지? 그럼 3년 안에 우승시켜 놓고 유럽으로 가자.'

지금에 와서 생각해보니, 신생팀이 아니었다면 단박에 거절했을 수도 있을 것 같다. 아직은 젊으니까, 유럽에 갈 기회는 앞으로도 있을 것이고, 일본에 가서 3년 안에 신생팀을 우승팀으로 만드는 성과를 내 경력에 추가하는 것도 좋겠다 싶었다. 은사님도 나를 학교에 붙잡아두고 싶은데, 해외 진출에 대한 내 뜻이 워낙 강했던 터라 말리지도 못하고 속으로만 애를 태우다가, 마침 일본에서 연락이 오니 그나마 유럽보다는 가까운 일본이 낫겠다고 생각해 권했던 것 같다. 그렇게 1994년에 '히로시마 이즈미(지금의 히로시마 메이플레즈)' 팀에 선수 겸 코치로 입단하게 되었다.

오합지졸 신생팀에 '날라리' 선수들까지

일본의 신생팀이라고 해서 처음부터 큰 기대는 안 했지만, 막상 팀에 합류하고 보니 오합지졸도 이런 오합지졸이 없었다. 그나마 핸드볼을 좀 한다는 선수는 대학 출신 둘뿐이었다. 나머지 선수 중에는 축구 같은 다른 종목에서 넘어온 친구들도 있고, 선수라고 하기보다는 '날라리'라는 말이 더 어울릴 법한 친구들도 있었다.

감독님도 역량이 부족해서 팀을 제대로 훈련 시키지 못하는 실정이었다. 코치 겸 선수인 내가 도맡아서 선수들을 데리고 훈련도 하고 기술도 가르쳐야 했다. 상황은 내가 상상한 것보다 훨씬 더 나빴지만, 3년 안에 우승팀으로 만들겠다는 목표를 세웠으니 '어떻게든 꼭 해내자!' 하면서 마음을 더욱 굳게 먹었다.

일단 일본 선수들에게 뭔가 제대로 보여주자고 마음먹었다. 그렇게 입단한 지 1년 만에 히로시마 이즈미 팀을 2부 리그에서 1부 리그로 승격시켰다. 첫해에는 정말로 나 혼자서, 요즘 말로 '하드캐리(hard carry)' 하다시피 해서 팀을 1부 리그로 끌어올렸다. 우리 팀은 물론이고 일본 핸드볼계가 뒤집힐 만한 사건이었다. 막연하게 나를 '올림픽 금메달리스트' 라고만 알고 있었던 일본 선수들은 실제로 나와 경기를 뛰면서 깜짝 놀랄 수밖에 없었다.

내가 어떤 선수인지 보여준 건 일단 성공이었지만, 여전히 팀 동료들의 실력이 문제였다. 당시 우리 팀의 가장 큰 문제는 체력이었다. 전반전만 끝나면 벌써 선수들이 지쳐서 나가떨어졌다. 거기에 일본인 특유의 개인주의 성향도 문제였다.

내가 먼저 앞장서서 보여주기

일본에서는 정해진 훈련 시간이 끝나면 다음에 사용하

는 팀을 위해 바로 체육관을 비워줘야 했다. 선수들은 연습 시간이 끝나면 바로 훈련을 그만두고 짐을 싸서 숙소로 갔다. 따로 개인 훈련을 하는 모습은 찾아볼 수 없었다. 실력도 부족한데, 이렇게 칼퇴근을 해버리면 언제 체력과 기술을 끌어올리겠다는 것인지 답답하기만 했다.

그때 내가 선택한 방법이 '앞장서서 보여주는 것'이었다. 훈련 시간 전에 먼저 나와 신발 끈을 묶고 달리기를 하고, 페인트모션을 연습하는 등 일본 동료들에게 계속해서 보여주었다. 핸드볼을 잘하려면 이렇게 많은 연습을 해야 한다는 것을 일깨워주고 싶었다.

당시 훈련하는 체육관에서 숙소까지는 거리가 꽤 떨어져 있었다. 일본 선수들은 훈련이 끝나면 차를 타고 숙소에 갔지만, 나는 다른 선수에게 짐을 맡기고 숙소까지 뛰어갔다. 나 자신을 위한 체력 훈련이기도 했지만, 이렇게 날마다 체력을 관리해야 한다는 것을 동료 선수들에게 보여주는 내 나름의 메시지이기도 했다.

내 방은 숙소 맨 끝에 있었는데, 저녁에도 다른 방 동료들 들으라고 일부러 소리를 내어 오가면서 옥상에서 개인 훈련을 했다. 숙소를 운영하는 주인 부부는 내가 저녁에 시끄럽게 쿵쾅거린다고 싫어할 수도 있었을 텐데, 다행히 내 의도를 이해해주셨다. 누구에게든 최대한 예의 바르게 행동하려고 애썼는데, 일본인들에게도 그런 내 마음이 닿았나 보다.

히로시마 팀 선수들은 나를 올림픽 금메달리스트로만 알고 있었지, 내가 어떻게 해서 그 위치까지 가게 되었는지는 잘 몰랐을 것이다. 정해진 훈련 시간만 채우면 된다는 안이한 생각으로는 절대 최고의 선수가 될 수 없다는 것을 일깨워주려면 백 번 이야기하는 것보다 이렇게 직접 보여주는 게 훨씬 효과적이라고 생각했다.

조금씩 변해가는 날라리 선수들

혼자서 고군분투하는 시간이 차곡차곡 쌓이면서, 동료들도 조금씩 변하기 시작했다. 기본적인 패스 캐치도 안 될 정도로 오합지졸이었던, 내 눈에는 그저 날라리 같았던 선수들이 한 명 두 명 나에게 다가와 배움을 청하기 시작했다. 당시 우리 팀에는 대학 선수 출신 두 명을 제외하고 내가 던진 공을 제대로 잡을 수 있는 선수가 거의 없었다. 그만큼 기본기도 안 된 선수들이 많았다. 처음부터 다시 배우다시피 해야 했다.

우리는 단체 훈련이 끝나면 함께 숙소까지 뛰고, 숙소 옥상에서도 날마다 함께 연습했다. 주말에도 달리기와 기본기 연습을 같이하면서 기량을 다져나갔다. 여전히 많이 미숙했지만, 기본기도 안 된 날라리 친구들 중에서 나와 함께하겠다고 결심하고, 이를 행동으로 옮긴 선수가 나타난 것만으로도 뿌듯했다.

그래서 연습경기를 할 때면 이 친구들에게 어시스트를 더 많이 해줬다. 물론 아직 기량이 설익었기 때문에 슛 미스도 많았지만, 가끔 완벽한 기회를 만들어주면 몇 골씩은 들어갔다. 일단 득점을 해보는 경험이 중요했다. 그 짜릿함을 직접 경험해봐야 더 많은 골을 넣기 위해 더 열심히 훈련할 테니까 말이다. 나도 더 열심히 하는 선수에게는 더 많은 기회를 주려고 했다.

그렇게 골맛을 보기 시작한 선수들은 이전보다 나를 몇 배나 더 신뢰하게 되었다. 꾸준한 훈련으로 체력도 점점 향상되어 전후반 30분씩 한 시간을 모두 소화할 수 있는 선수가 늘어났다. 처음에는 나와 함께 연습하는 선수가 11명 중 2명뿐이었는데, 어느덧 11명 중 2명 빼고는 다 나와 함께 훈련하게 되었다.

25세의 나이로 최연소 감독이 되다

애초 플레잉코치로 팀에 입단했던 나는, 초기에는 팀을 이끌 역량이 부족한 감독을 대신해서 선수들의 훈련을 도맡았고, 2년 차에는 감독이 물러나는 바람에 감독 대행 겸 선수로 뛰었다. 그러다 일본 진출 3년 차인 1996년에는 25세의 나이로 최연소 감독으로 승격되었다.

창단 첫해에 2부 리그에서 1부 리그로 승격한 히로시마 팀은, 1부 리그 진출 첫해에 3위를 기록해 모두를 깜짝 놀라게 했다. 당시 일본 핸드볼의 수준은 한국에 비해 한 수 아래였기 때문에, 2부 리그에서 경기할 때는 '이 정도면 내가 왼손으로 해도 이기겠네'라고 생각할 정도였다.

하지만 1부 리그로 올라가니 역시 2부 리그와는 달랐다. 나 혼자 죽어라 하고 뛰는 것도 한계가 있었다. 승격 첫해 3위를 기록하면서 포스트 시즌에 진출했을 때 플레이오프 상대팀은 나만 막으면 된다고 생각했는지 선수들이 몇 명씩 달라붙었다. 아쉽지만 우승은 다음 기회로 미뤄야 했다.

패스 하나 제대로 잡아내지 못했던 선수들이 나를 믿고 함께 열심히 훈련해준 덕분에 팀은 한 해 한 해 놀랍게 성장했다. 정식으로 감독이 되고 나서는 일본 선수들의 개인주의 문화를 바꿔놓고 싶었다. 일본 팀에 한국적인 팀워크를 정착시켜야겠다는 생각이었다.

콩 한 쪽도 나눠 먹게 된 우리 선수들

원정경기를 위해 버스를 타고 이동하던 중에 이런 일도 있었다. 버스 뒤쪽에서 자꾸 부스럭거리는 소리와 함께 뭔가를 먹는 소리가 들리는 것이었다. "맛있다"라고 소곤거리는 소리도 들렸다. 내가 '뭐지?' 하고 돌아보니 뒤쪽에 앉은 일본 선수 두 명이 자기들끼리만 뭔가를 먹고 있었다.

정말 아니다 싶었다. 그래서 버스가 휴게소에서 잠시 쉴 때, 먹을 것을 한 보따리 사 와서 선수들에게 골고루 나눠줬다. 딱 두 명, 아까 그 선수들만 빼고 말이다. 그러고 나서 말했다.

"팀워크가 코트에서만 생긴다고 생각하니? 평소에도 함께 있을 때는 콩 한 쪽이라도 나눠 먹어야지. 그래야 코트에서도 협동심이 생기고 서로 더 끈끈해지는 거야. 이건 한국의 정서니까 너희들에게는 당장은 낯설겠지만, 내가 이 팀 감독으로 있는 동안에는 무조건 콩 한 쪽이라도 나눠 먹어야 해."

그때는 선수들도 나에 대해 어느 정도 알고 있었기 때문에, 내 말뜻도 금방 이해하고, 바로바로 실천도 잘했다.

결국 우리 팀은 3년 차에 1부 리그 우승이라는 성과를 일궈냈다. 신생팀을 3년 안에 우승팀으로 만들고 유럽으로 가겠다고 했던 내 목표가 이루어진 것이다. 핸드볼이 비록 비인기 종목이긴 했지만, 이런 성과 덕분에 히로시마 시민상도 수상했고, 시민들의 추천으로 1994년 히로시마 아시안게임 성화 봉송 주자로 참여하기도 했다. 히로시마 생활은 나에게 또 다른 자심감을 안겨주었다. 결국 나는 유럽으로 가는 대신 히로시마 팀의 감독으로 남는 것을 선택했다.

꾸준한 진심과 은근한 인내는 언제나 통한다

나는 2007년까지 히로시마 팀에 있으면서 이 선수들과 함께 일본 1부 리그에서 8년 연속 우승이라는 기록도 세우고, 각종 대회에서 총 27번의 우승컵을 들어 올렸다. 개인적으로도 여러 가지 영광이 있었다. 1994년 히로시마 아시안게임 때는 우리 팀을 2부 리그에서 1부 리그로 승격시킨 공로를 인정받아 외국인으로는 유일하게 성화 봉송 주자로 참여하기도 했고, 7년 연속으로 기자단이 선정하는 인기상도 받았고, 영광스러운 히로시마 시민상까지 받을 수 있었다.

그러다 2008년 서울시청 여자 핸드볼팀 창단과 함께 감독 제의를 받으면서 오랫동안 정들었던 히로시마 팀을 떠나게 되었다. 그때로부터 벌써 10년도 훨씬 더 지났지만, 구단의 회장님, 그리고 선수들과는 지금까지도 계속 연락을 주고받고 있다.

우리는 일본인들이 개인주의와 배타주의가 강하다고들 하고, 겉모습과 속마음이 다르다고들 한다. 하지만 실력과 진심을 가지고 꾸준하게 다가가니, 서서히 내 마음을 알아주었다. 날라리 같았던 선수들도 내가 앞장서서 어떻게 해야 하는지 꾸준하게 보여주자 조금씩 마음을 열고 함께하기 시작했고, 그리 오래지 않아 히로시마 이즈미 팀은 나 혼자 '하드캐리' 하는 팀이 아닌 진짜 우승팀으로 거듭날 수 있었다.

나는 어렸을 때부터 동료 선수가 나보다 실력이 부족하다고 해도 그 친구를 탓하기보다는 어떻게 같이 잘할 수 있을까, 어떻게 내 편으로 만들까를 생각해왔다. 꾸준한 진심과 은근한 인내는 언제 어디서든 통하는, 상대의 마음을 열고 내 편으로 만들 수 있는 열쇠라는 사실을 일본에서 다시 한번 실감할 수 있었다.

5

독불장군 스타 선수 길들이기

2002년 한일 월드컵 4강 신화를 이끌었던 거스 히딩크 감독에 관한 유명한 일화 중에, 이른바 '안정환 길들이기'라는 게 있다. 안정환 선수가 방송에서 직접 이야기한 내용이다. 당시 이탈리아 세리에 A 리그에서 뛰고 있던 안정환 선수는 대표팀 중 유일한 해외파 선수였다. 한국 최고의 스타 선수였으니 당연히 대표팀 주전으로 뽑힐 거라고 모두가 그렇게 생각했다. 하지만 히딩크 감독의 생각은 달랐다.

"명성이 높았죠. 좋은 선수입니다. 하지만 조금 과하게 멋져요."

히딩크 감독의 안정환 선수 길들이기

'조금 과하게 멋지다'라니, 과연 무슨 뜻일까? 이미 유럽 무대에서 활동하고 있고 한국에서도 최고의 인기를 누리는 선수이다 보니, 스타 의식이 과도하고 팀과 하나가 되려는 열정이나 간절함은 부족하다는 뜻이 아니었을까 싶다. '테리우스'라는 별명처럼 잘생긴 얼굴과 긴 머리, 그리고 이탈리아에서 겪은 인종차별 때문에 무시당하지 않기 위해 명품으로 치장하고, 고급 수입차를 타고 다니는 모습이 히딩크 감독 눈에는 '과하게 멋진' 모습으로 비치지 않았을까.

아무튼 그때부터 히딩크 감독은 안정환 선수 '길들이기'를 시작했다. 초기에는 훈련 때 눈길도 주지 않았고, 심지어 월드컵 1년 전에 열린 FIFA 컨페더레이션스컵 대회에서는 최종명단에서 제외하기까지 했다. "소속팀에서 벤치에 있는 선수를 대표팀 주전으로 쓸 수는 없다"는 게 당시 히딩크 감독이 밝힌 이유였다. 한편에서는 채찍으로 과한 자존심과 스타 의식을 꺾어놓으면서도 다른 한편에서는 당근도 잊지 않았다.

"월드컵이 끝나면 네 인생은 완전히 달라질 거다."

소속팀에서도 대표팀에서도 생각만큼 플레이가 되지

않았던 안정환이 자포자기하려는 순간에 던진 히딩크 감독의 이 한마디는 그를 다시 태어나게 했다. 이때부터 안정환 선수는 정신을 바짝 차리고 다른 선수들과 하나가 되어 훈련에 매진했다고 한다. 훈련뿐만 아니라, 그동안 타고 다니던 고급 수입차도 두고 나올 만큼 태도까지도 겸손한 자세로 변했다고 한다.

그 결과, 히딩크 감독의 말처럼 월드컵 16강전 이탈리아와의 경기에서 연장전 후반 종료 직전에 극적인 헤딩골을 넣으면서 자신의 인생을 바꾸어놓은 것은 물론, 한국 축구의 역사까지 새로 쓴 주역이 되었다. 히딩크 감독의 기가 막힌 '밀당'이 스타 의식에 젖어 있던 선수를 완전히 바꿔놓은 것이었다.

스타 선수를 대하는 지도자의 자세

어느 종목의 어떤 팀이든 간에 스타 선수라는 존재는, 지도자에게는 보석 같은 존재이면서 다른 한편으로는 골치 아픈 존재이다. 운동도 최고로 잘하면서 성실하고 팀과 조화를 이루는 겸손한 선수라면 더할 나위 없이 최고의 선수일 것이다. 하지만 이미 어린 시절부터 남다른 기량과 성적을 보여 주위의 칭찬을 한 몸에 받은 선수라면 마음속에 스타 의식과 자만심이 생길 수밖에 없다.

특히나 학교 체육의 경우에는 스타 선수 한 명이 대회 성적을 좌지우지하는 일이 많다보니 선생님들도 뭐라 싫은 소리 한마디 하기가 쉽지 않다. 그러다 보면 선수는 독불장군식으로 행동하게 되고, 다른 사람의 말을 잘 들으려 하지 않는다. '내가 알아서 한다니까, 알아서 지금까지 이렇게 잘했는데 왜 참견이야?' 하는 게 이런 선수들의 마음일 것이다.

나 역시 이런 독불장군형 선수가 팀에 들어오면 어떻게 거품을 뺄 것인지, 어떻게 하면 진짜 팀의 일원으로 함께할 수 있도록 지도할 것인지를 고민하게 된다. 스타 선수들 중에는 대학에서 활동하다가 실업팀으로 넘어오는 선수들도 있는데, 이 선수들은 이미 대학 4년 동안 고참 선수로서 온갖 대접을 다 받은 데다가, 나이 때문에 실업팀에 들어와서도 '중간참'으로 대접을 받는다. 고등학교에서 실업팀으로 온 선수들은 팀에서 이런저런 궂은일을 하게 되는데, 대학에서 넘어온 스타 선수들은 이런 궂은일은 나 몰라라 하며 독불장군처럼 행동한다.

우리 팀은 경기 전이나 훈련 전에 선수들이 기합을 넣기 위해 파이팅을 외치는데, 내가 선창으로 파이팅을 외치면 선수들이 후창으로 함께 파이팅을 외친다. 그런데 팀에 들어오기 전까지 주위에서 대접만 받았던 선수들은 이런 것조차 함께하려 들지 않는다. 코치와 고참 선수들이 이런 태도를 좋아할 리가 없기에 그냥 두면 서로 불만이 쌓이다 결국은 충돌로 이어질 것이고, 그러면 팀 분위기가 험악해질 수밖에 없다. 나도 선수 시절 다 겪어본 일이기에 '이건 내가 먼저 잡아줘야겠다' 하는 마음이 들었다.

진정한 스타플레이어가 되는 길

그래서 잘못된 버릇을 고쳐줄 목적으로 팀 훈련에 들어가기 전에 코칭스태프와 고참 선수들을 불러 미리 몇 가지 합의를 했다. 훈련 전 파이팅을 외칠 때, 스타 의식에 빠진 선수들이 제대로 파이팅을 외치지 않으면 코치한테 벌을 주도록 한 것이다.

"파이팅 제대로 안 하네? 나가. 운동장 돌고 와."

그렇게 팀 전체가 단체로 운동장을 몇 바퀴 뛰는 벌을 받았다. 당연히 코치랑 고참 선수들에게 미리 양해를 구한 것이었다. 소수의 잘못 때문에 전체 선수가 함께 벌을 받게 되었지만, 그렇다고 해당 선수만 벌을 주면 반발할 수 있기 때문에 좀 피곤해도 선수들끼리 충돌해서 분위기를 망치는 것보다는 나을 거라고 판단했다.

"너희들이 힘들더라도 이해해줘. 얘네들을 잡아주지 않으면 팀이 좋아지지 않을 거야."

하지만 이런다고 오랫동안 몸에 밴 습관이 쉽고 고쳐지지는 않는다.

"또 안 해? 너희들은 입이 고급이냐? 파이팅하기 싫어? 그럼 몸으로 때우고 와."

그렇게 한 달을 씨름하고 나서야 겨우 파이팅을 제대로 외치기 시작했다. 남들이 보기에는 '아니, 겨우 파이팅 하나 외치는 거 때문에 한 달 동안이나 밀당을 한다고?' 싶을 것이다. 하지만 오랜 시간에 걸쳐서 형성된 생각이나 습관은 그게 아무리 사소한 거라도 고치기가 정말 쉽지 않다.

일단 파이팅을 외치는 것에서 시작해, 그동안의 잘못된 습관과 태도를 하나하나 바로잡아 나갔다. 처음에는 지도자의 지시에 반발하고, 아무것도 하려고 하지 않던 선수들도 차츰 본인의 잘못을 깨닫게 되었고, 시간이 지나면서 누구보다 솔선수범하는 선수가 되었고, 체육관에 먼저 나와서 자신에게 부족한 부분을 보완하기 위해 훈련하는 습관을 익혀나갔다.

"대학 때는 고참 선수로서 아무것도 안 했을지 모르지만 여긴 실업팀이야. 대학에서 했던 식은 이제 통하지 않아. 그걸 알아야 나중에 너희도 후배가 들어왔을 때 선배 역할을 제대로 할 수 있어."

선수뿐만 아니라 그 가족까지 배려하는 마음

학교와 실업팀은 엄연히 다른 세계다. 학생 때는 에이스로 이름을 날렸던 선수가 실업팀에 와서는 이름값도 제대로 못 하고, 기량도 제대로 펼치지 못한 채 시들어버리기도 한다. 학교 무대에서는 자신이 최고였을지 모르지만, 더 큰 무대로 나가면 뛰어난 선수들이 더 많을 수밖에 없다. 이 큰 무대에서 살아남기 위해서 악착같이 노력해도 모자랄 판에, 어릴 적에 좀 잘했다고 스타 의식에 젖어 지도자 말도 무시하고, 독단적으로 행동하면 절대 좋은 선수가 될 수 없다.

스타 의식에 사로잡혀 있거나 나태해진 선수들을 바로잡을 때는 선수의 가족에게 도움을 요청하기도 한다. 한번은 부상 때문에 쉬는 선수가 치료한다고 밖에 나가서는 남자친구와 어울리다 코치한테 걸린 일이 있었다. 선수한테는 몸이 재산이라 부상을 당하면 무조건 치료에 전념해서 최대한 빨리 복귀할 수 있도록 해야 한다. 그런데 이 선수는 부상에서 회복하는 것도 훈련이고, 훈련할 때 게으름을 피우면 팀한테도 자기한테도 손해라는 걸 모르고 있는 것이다. 이렇게 나태해진 선수에게는 따끔하게 야단을 칠 필요가 있었다. 이럴 때는 미리 부모님께 연락해서 양해를 구한다.

"이러이러해서 제가 아이를 일주일 정도는 많이 혼낼 겁니다. 그러면 아이가 운동하기 싫다고 하거나 부모님께 거짓말을 할 수도 있어요. 아이에게 혹시 그런 연락이 오면 '선생님한테 맞아 죽든지 말든지 난 모르겠다!' 하고 강하게 좀 해주세요. 지금 아이가 많이 나태해져 있으니까, 여기서 빨리 극복해야 합니다. 부모님도 도와주세요."

당연히 내가 선수를 손찌검하는 일은 없다. 나태해진 선수를 압박할 때, 선수가 징징거려도 가족들이 단호한 모습을 보여달라고 부탁할 뿐이다. 선수를 혼낼 때도 감정에 휩싸여서 즉흥적으로 하기보다는 분명한 목적을 가지고 했고, 필요한 경우에는 가족들에게 미리 말씀드리고 양해를 구했다. 분풀이가 목적이 아니라, 그 선수가 빨리 문제에서 벗어나 정상

궤도로 돌아오는 게 중요하기 때문이다.

지도자의 역할은 선수를 성장시키는 것

반면 기량은 에이스에 미치지 못하지만 정말 성실하고 열심히 노력하는 선수들은 지도자가 인정해주고 팀에서 제자리를 찾을 수 있도록 도와줘야 한다. 이런 선수들은 팀 분위기를 단단하게 만드는 데 도움이 되고, 재능만 믿고 성실함이 부족한 선수들에게도 좋은 본보기가 된다. 에이스가 아니더라도 이런 선수는 팀에 꼭 필요하다.

스타 의식에 사로잡힌 독불장군이나 나태해진 선수들을 바로잡아주는 것은 지도자가 해야 할 중요한 일이다. 어떤 감독들은 스타 선수가 혹시라도 팀을 이탈할까 봐 전전긍긍하면서 리더 역할을 제대로 못 하고 선수에게 끌려다니기도 한다. 이러면 팀워크가 만들어질 수가 없다. 스스로 알아서 성실히 열심히 하는 선수와 자기 기량만 믿고 대충대충 하는 선수, 나태해진 선수를 구별하고, 팀에 불화를 일으키지 않으면서도 잘못된 태도를 바로잡을 방법을 생각하고 실행에 옮겨야 한다.

이러한 과정은 지도자 혼자만의 힘으로는 어렵다. 코칭 스태프와 동료 선수들, 그리고 가족들한테도 상황을 설명하고 도움과 협조를 요청해야 할 수도 있다. 함께 협력하고 노력한다면 아직 인격적으로 덜 영근 선수를 진정으로 실력과 인성을 겸비한 최고의 선수로 키워낼 수 있을 것이다.

6

이겼을 때보다 졌을 때가 더 중요하다

경기에 졌을 때 팀 분위기는 대개 살벌함, 그 자체이다. 라커룸으로 돌아오면 모두가 고개를 푹 숙인 채 아무도 말을 하지 않는다. 정말 쥐 죽은 듯이 조용하다. 경기 후에 외박이나 외출이 예정되어 있더라도 '경기에 졌는데 무슨 외박이냐!' 하면서 감히 얘기도 못 꺼낸다.

'경기는 선배들이 졌는데, 왜 나한테 화풀이하지?'

내가 감독으로 활동하던 시절에 우리 팀은, 만약 일요일에 경기를 했으면 다음 날에는 꼭 하루를 쉬게 했고, 경기가 없을 때는 이틀을 쉰 적도 있다. 그냥 그다음 날 오후 운동 시간에만 맞춰서 나오면 되는 시스템이었다. 그리고 경기 결과에 상관없이 외박이나 외출은 예정대로 항상 내보냈다. 결혼한 선수들도 있고, 경기 장소에 따라서는 집이 경기장 근처인 선수들도 있을 수 있기에, 이런 경우에는 경기장에서 바로 집으로 가게 했다.

처음에는 내가 나가라고 해도 아무도 외박을 나가지 않았다. 이상하다 싶어서 어떻게 된 건지 알아보니 코치가 못 나가게 한 것이었다. 당장 코치를 불러서 화를 냈다.

“내 방식은 당신하고는 달라. 왜 졌다고 외박을 못 나가게 막아? 오늘 진 건 다음 운동 시간에 확실히 강도만 높여주면 돼. 훈련할 때 선수들한테 확실하게 보여줄 거야. 하지만 경기에 졌다고 외박 외출을 막는 건 내 방식이 아니야.”

경기 결과에 상관없이 외박을 내보냈던 이유는 선수 시절의 경험 때문이었다. 막내 선수일 때 경기에 지고 나서 숙소에 있으면 선배들과 눈도 마주치지 못했다. 그야말로 숨이 턱턱 막히는 살벌한 분위기였다. 어떤 선배들은 후배들에게 히스테리를 부리기도 했으니, 더더욱 눈치를 볼 수밖에 없었다.

경기에 졌을 때 선수들을 숙소에 그대로 두면 후배 선수들의 스트레스는 이루 말할 수가 없을 것이고, '경기는 선배들이 졌는데, 왜 내가 더 스트레스를 받아야 해?' 하고 불만만 커질 것이다. 스트레스와 불만이 누적되면 대회 기간에 선수 이탈 사고 같은 게 일어나기도 하고, 팀 분위기도 엉망이 돼 버린다.

그래서 후배 선수들을 보호하기 위해서는 선배들이 숙소에서 나가줘야 한다. 그게 서로 좋다. 주전 선수들도 숙소에서 침울한 분위기에 빠져 있는 것보다는 바깥으로 나가서 털어내는 게 낫다. 선수 개개인을 위해서도, 팀을 위해서도 그쪽이 훨씬 좋다.

경기에 졌을 때 지도자가 해야 할 일

코치에게 내 방식에 관해 신신당부한 다음 이번에는 고참 선수들을 따로 불러 말했다.

"너희들 빨리 다 나가. 후배들 붙잡고 있지 말고. 내가 내일 와서 숙소 다 체크할 거야."

그 대신 다음 연습에 복귀할 때는 운동 강도를 높이는 방법으로 페널티를 주었다. 경기에 이겼을 때는 좀 더 자유로운 분위기에서 연습했다면, 지고 난 다음에는 달리기부터 시작해서 체력 강화 운동까지 전체적으로 운동 강도를 높여서 진행하는 것이다. 월급을 받고 운동하는 직업 선수들이니, 잘했을 때는 조금 편하게 운동할 수 있지만 졌을 때는 또 그만한 대가를 치르는 게 당연하다고 생각했고, 그것이 나의 방식이었다.

경기에서 이겼을 때는 당연히 팀 분위기가 좋다. 이때는 지도자가 굳이 뭘 안 해도 별문제가 없다. 하지만 졌을 때는 팀 전체에 침울한 분위기가 감돌고, 선수들은 경기에 나갔든 아니든 마음이 무겁고, 혹시라도 불호령이 떨어질까 전전긍긍한다. 물론 감독으로서 선수들에게 화를 내고 패배의 원인을 추궁할 수 있다. 그리고 당연히 패배한 원인을 분석하고 같은 잘못을 반복하지 않도록 하는 것도 필요하다. 하지만 가라앉은 분위기를 수습하고, 패배의 충격을 털어내고 다음 경기를 잘 준비할 수 있도록 독려하는 것도 중요하다.

이기면 칭찬하고 지면 야단치는 것은 누구나 한다

여자핸드볼의 올림픽 신화를 이끌었던 세 분 감독님에

관한 연구를 하면서 새삼 깨달은 것은, 훈련 때는 그렇게도 선수들을 혹독하게 밀어붙이던 감독님들이, 중요한 경기에서 패배했는데도 화를 내기보다는 자신의 책임을 먼저 이야기하고 선수들에게는 용기를 주려고 했다는 것이다.

1988년 서울 올림픽에서 우리나라 구기 종목 사상 첫 금메달을 안겨준 고병훈 감독님의 경우, 당시 올림픽 2차전에서 상대적으로 약체로 평가받았던 유고슬라비아에 22대 19로 일격을 당한 적이 있다. 1차전에서 강적 체코를 이기고 들떠 있던 대표팀의 분위기는 순식간에 가라앉았다.

그때 고 감독님은 “선수들이 못해서 진 게 아니라 감독의 벤치 미스였다” 하면서, “이것이 올림픽이다. 오늘 경기는 나 때문에 패한 것이니 다시 시작하자” 하셨다. 압도적인 카리스마로 선수들을 스파르타식으로 몰아붙였던 감독이 중요한 경기에서 패했음에도 오히려 자책하면서 선수들에게 용기를 불어넣어 주었으니, 팀의 응집력은 더욱 강해졌다.

바르셀로나 올림픽 금메달과 세계선수권대회 우승이라는 그랜드슬램의 위업을 달성한 정형균 감독님의 사례도 있다. 1995년 세계선수권대회 결승전에서 헝가리와 맞붙었을 때, 홈그라운드의 이점을 살린 헝가리는 압도적인 응원으로 한국팀을 압박했고, 이런 압도적인 분위기에서 한국팀은 전반전을 2골 차로 뒤진 채 휴식 시간을 맞았다. 중간 휴식 시간에 선수들은 감독님이 자신들을 크게 질책할 거라 생각했다. 하지만 정 감독님은 오히려 선수들이 안정을 찾을 수 있도록 격려해주면서 수비 시스템의 변화를 주문했다. 후반 들어 달라진 한국팀의 태세에 헝가리 팀이 당황하면서 실책과 반칙이 늘었고, 결국 한국은 역전에 성공할 수 있었다.

강한 카리스마와 부드러운 리더십을 조화시키고자 했던 임영철 감독님의 사례도 있다. 2003년 세계선수권대회 준결승에서 결승 진출이 좌절되었을 때의 일이다. 경기 중에 계속해서 슛이 막혀 교체된 선수가 있었다. 그 선수는 자책하면서 고개를 들지 못했고, 그때 임 감독님이 그 선수의 어깨를 두드리면서 "괜찮아, 괜찮아" 하고 위로했다. 그리고 다른 선수들에게도 3·4위 결정전에서는 더 잘하자고 오히려 격려했다. 다행히 대표팀은 3·4위전에서 우크라이나에 승리를 거두고 동메달을 획득했고, 아테네 올림픽 아시아 지역 예선 탈락으로 인해 마지막 기회가 될 수밖에 없었던 세계선수권대회에서 올림픽행 막차에 합류할 수 있었다.

이기면 칭찬하고 지면 화내고 야단치는 건 누구나 할 수 있다. 그런데 뛰어난 지도자는 단지 이기고 지는 것만 보지 않는다. 이겼어도 실수가 잦고 느슨했던 경기가 있고, 졌어도 최선을 다한 경기, 또는 심판의 오심 때문에 진 경기는 그 내용이 다를 수밖에 없다.

패배는 더 큰 승리를 위한 도약의 기회

경기에서 이겼을 때 선수들은 사기가 충천할 수 있지만, 너무 지나치면 다음 경기를 가볍게 여길 수 있다. 특히 강팀을 상대로 승리를 거둔 후, 다음 경기 상대가 상대적으로 약체라서 우습게 보다가 긴장이 풀어져 의외의 패배를 당하는 경우가 종종 있다. 따라서 이겼을 때의 사기와 에너지를 해치지 않으면서도 다음 경기 상대를 얕잡아보거나 긴장이 풀어지지 않도록 조여주는 것이 중요하다. 반대로 경기에서 졌을 때는 원인을 냉철하게 분석하고 지적하면서도, 지나치게 패배감에 빠져서 다음 경기까지 안 좋은 분위기가 이어지지 않도록 선수들을 격려하고 충격을 빨리 털어버릴 수 있도록 도와줘야 한다.

선수로 뛰면서 나는 '완급 조절'의 중요성을 많이 경험했다. 또한 선수들에게 경기 결과와 관계없이 예측 가능한 생활을 하도록 만들어주고 싶었다. 이번 주말에 외박이 예정

되어 있어서 가족이나 친구들과 약속을 잡았는데, 경기에 졌다고 외박을 못 나가게 되어 약속을 모조리 취소해야 한다면 그 선수의 마음은 어떨까? 가족과 친구들은 그 선수를 어떻게 생각할까? '그래, 너는 운동선수니까' 하고 마냥 이해하기만 할까?

경기에 졌을 때의 페널티는 꼭 억압적인 분위기가 아니어도 다양한 방법으로 줄 수 있다. 그리고 졌을 때 화를 내는 것보다 따뜻한 격려의 한마디가 더 필요할 때도 있다. 일본에서 선수 겸 감독으로 뛰던 시절, 이겨야 할 경기를 놓쳤을 때 "너라는 사람은 내가 말을 하지 않아도 다 알고 있잖아?" 하시며 오히려 나를 위로해주셨던 구단의 회장님, 이겼을 때는 경기 중 실수에 대해 질책을 해도 졌을 때는 자책하면서 다음 경기에서는 더 잘하자고 선수들을 다독였던 호랑이 감독님들, 이분들은 패배를 단지 패배로만 생각하지 않고, 더 큰 승리를 위해 웅크리는 도약의 기회로 삼을 줄 아는 분들이었다.

3부

변화를 위한 성찰이 우리를 성장시킨다

ASSEMBLY OF THE REPUBLIC OF KOREA
구로차량기지 광명이전 결사반대

1

‘불신의 리더십’에서 ‘신뢰의 리더십’으로

국제 대회에 참가해보면 코트 안팎에서 다른 팀 선수들, 다른 나라 선수들의 모습을 가까이에서 보게 되는데, 종종 우물 안 개구리 같았던 나에게 신선한 충격을 주는 모습들이 있었다. 언젠가는 경기를 마치고 숙소로 돌아가는 외국 선수들의 사소한 모습에서 큰 충격을 받은 적이 있다.

‘왜 우리는 선수들을 감옥살이시킬까?’

그날 경기가 끝나고 숙소로 돌아가는 외국 선수들의 모

습이 무척이나 깔끔해 보였다. 아마도 머리까지는 다 못 말린 듯 촉촉한 모습이었지만, 샤워도 하고 옷도 갈아입어서 상쾌한 기분으로 숙소로 돌아가는 것처럼 보였다. 반면 한국 선수들은 경기 내내 땀범벅이 된 옷을 그대로 입은 채 냄새를 풀풀 풍기며 버스를 타고 숙소로 가서야 겨우 샤워를 했다. 기왕이면 경기 후에 바로 샤워도 하고 옷도 갈아입어서 깔끔하고 상쾌한 기분으로 숙소로 돌아가는 게 좋지 않을까? 우리는 왜 이러지?

생각해보니, 우리는 지도자들이 기다려주지 않았다. 선수들이 샤워하고 옷 갈아입고, 대충이라도 머리를 말리려면 시간이 걸리는데, 역시 '빨리빨리'가 몸에 밴 사람들이라 그런지 그 시간을 못 참는 것이었다. 반면 외국 지도자들은 그 시간을 기다려주고, 숙소에 돌아가기 전에 선수들과 담배를 피우는 등 여유가 있었다. 선수들도 사람인데, 온몸이 땀으로 범벅이 된 채로 끈적끈적 들러붙는 옷을 입고, 땀 냄새를 풍기면서 숙소까지 가고 싶을까.

공장에서 일하는 사람들도 공장에서는 여기저기 기름을 묻혀가면서 땀을 뻘뻘 흘리면서 일하지만, 퇴근할 때는 샤워하고 옷도 갈아입고 나가는 걸 당연하게 여긴다. 그런데 왜 운동선수는 일이 끝난 다음에도 계속 운동선수 차림이어야 할까? 운동을 직업으로 한다면 경기할 때도 훈련할 때도 최선을 다해야 하지만, 일이 끝나면 보통의 직장인들과 마찬가지로 평범한 생활인으로 살아갈 수 있어야 한다.

지도자가 되고 나니 그런 생각이 더 강해졌다. '왜 우리는 선수들을 감옥살이시킬까?' '공과 사를 구분하듯 일과 생활을 구분하면 안 될까?' 하는 문제의식으로 하나씩 바꿔나가기 시작했다.

내가 원한 것은 자유롭고 위엄 있는 멋

내가 고등학생 때 대학이나 실업팀 선배들을 보면서 제일 부러웠던 두 가지가 있었다. 귀를 뚫는 것과 머리를 기르는 것이었다. 그래서 고등학교를 졸업하면 귀도 뚫고 머리도 길러야지, 하고 생각했는데, 대학에 진학해보니 그게 아니었다. 대학교 3학년 때까지는 귀를 뚫기는커녕 머리도 못 기르게 했다. 실업팀에 가면 할 수 있으려나 했지만, 당시에는 신인으로 입단하면 5년 동안은 머리를 못 기르게 하는 게 일반적인 문화였다. 이것저것 못 하게 하는 게 한둘이 아니었다. 정말로 싫었다.

성인이 된 선수들을 마치 중고생 다루듯 하는 이런 문화에는 '넌 아무것도 생각하지 마, 운동만 생각해'라는 인식이 깔려 있을 것이다. 이런 식으로 선수들을 과도하게 억압하는 게 정당하다면, 다른 직업은 일에 집중하지 않아도 되고, 다른 데 정신 팔아도 되니까 머리도 기르고 염색도 하는 것일까? 세계 무대에서 외국 선수들의 모습을 관찰해온 나로서는 전혀 납득할 수 없는 대단히 낡은 사고방식이었다.

내가 서울시청 핸드볼팀 감독으로 있을 때 추구했던 선수들의 이미지는 한마디로 '멋있다'였다. 자유로우면서도 한편으로는 위엄 있는 멋, 그게 내가 원했던 우리 팀의 분위기였다. 항상 선수들에게 어디를 가든 당당해야 하고, 예의가 바라야 하고, 깔끔해야 하고, 함께 행동할 때와 자유롭게 행동할 때를 확실히 구분해야 한다고 한 사람 한 사람에게 가르쳤다.

"이게 우리 팀의 컬러야."

감독을 맡고 나서 가장 먼저 두발 기준을 없애버렸다. 더 나아가 염색도 풀어주고 귀도 뚫고 싶으면 뚫으라고 했다. 가끔은 부모님이 연락을 해서 "우리 아이가 쌍꺼풀 수술을 하고 싶다는데 어떻게 할까요?" 하고 묻기도 했다. 다른 실업팀들에서는 5년 동안 머리도 못 기르게 하는데, 쌍꺼풀 수술은 언감생심이라고 생각한 것이었다. 성형수술도 코를 높인다든가 하는 건 부상 문제도 있고 해서 어려웠지만, 쌍꺼풀 수술 정도는 원하면 자유롭게 해도 좋다고 허용했다.

귀를 뚫든 염색을 하든 경기력과는 무관하다

귀를 뚫든 염색을 하든 그게 경기력과 무슨 관계가 있을까. 나는 과거 억압적인 문화의 산물일 뿐이라고 생각했다. 한창 꾸미고 멋 부리고 싶을 나이인데, 원하면 하게 해주라고 부모님들께 말씀드렸다. 단, 돈 쓰는 문제만은 신경을 써 달라고 부탁했다.

고등학교를 졸업하고 실업팀에 들어오는 건 선수들에게는 취직이나 마찬가지다. 생전 처음으로, 그것도 꽤 많은 돈을 벌다보니, 그동안 억압적인 운동부 문화 속에서 못 했던 것들을 이것저것 하고 싶어 한다. 한마디로 욕망이 분출하는 것이다. 이때 돈 쓰는 맛을 들이면 절제를 못 하고 사치에 빠지기 쉽다. 그래서 부모님들한테 특별히 이것만 잘 단속해달라고 부탁한 것이다.

외출할 때는 후줄근한 운동복 차림에 슬리퍼를 끌고 나

가지 못하게 했다. 운동선수라고 해서 항상 추레한 차림으로 다닌다면 사람들 눈에 어떻게 비칠까. 남들에게 어떻게 보일지 아무 관심 없고, 땀 냄새나 풍기며 '추리닝'에 슬리퍼나 끌고 다니는 껄렁한 사람들이라는 이미지로밖에 안 보일 것이다.

나는 어려서부터 '운동선수는 이렇다'는 식의 편견을 정말 싫어했다. 운동선수도 또래 친구들이 즐기는 문화를 누려보고 싶을 것이다. 멋지게 머리도 기르고, 멋도 내고, 애인도 사귀고, 술도 마시고, 가끔은 담배를 피우고 싶은 선수도 있을 것이다. 나는 선수들의 그런 마음을 최대한 이해하고, 운동에 지장을 주지 않는 한도 내에서 자유를 주려고 했다. 대회 중에는 컨디션 관리가 중요하고, 숙소에서는 단체생활을 해야 하니 무제한으로 자유를 줄 수는 없지만, 그래도 남들 눈에 띄지만 않는다면 어느 정도의 자유는 용인했다. 한번은 숙소에서 자주 담배를 피우는 선수가 있어 조용히 불러 타일렀다.

"담배 피우는 것까지 무조건 막지는 않을게. 하지만 다른 선수들 모르게 너만 조용히 피워야지. 다른 사람들한테 걸리지만 마. 그런 매너를 갖추는 것도 네가 선배로서 해야 할 역할이야."

어디서나 반짝반짝 빛나는 선수이기를

나는 우리 팀 선수들을 경기장에서도, 경기장 밖에서도 빛나는 모습으로 바꿔놓고 싶었다. 그래서 다른 팀 사람들이 우리를 보면 "어, 서울시청 팀이다!" 하고 돌아보게 하고 싶었다. 어린 시절 화가를 꿈꾸었던 나이기에, 겉모습에서부터 서울시청 선수들을 반짝이는 팀으로 디자인하고 싶었다. 어떤 감독은 선수들에게 때가 탄다고 항상 검은색 운동복만 입게 했다. 시커먼 옷만 입는 선수들에게 과연 활기라는 게 있을까 싶었다.

선수들과 단체로 밥을 먹을 때도 우리 팀은 분위기부터가 확연히 달랐다. 다른 팀 선수들이 밥 먹는 모습을 보면 대화가 거의 없다. 심지어 밥 먹기 전에 "맛있게 드세요" 하는 말조차 하지 않는다. 우리 팀은 밥 먹으면서 서로 이야기를 많이 한다. "자, 다 먹은 사람 손 들기!" 하면 번쩍번쩍 손을 든다. 다 먹었다 싶어서 "가자!" 하면 모두가 우르르 일어나서 먹은 것을 정리하고 밖으로 나온다. 밥을 먹을 때도 따로따로 온 사람들처럼 말도 없이 깨작깨작, 밥을 먹고 나서도 따로따로 활기 없는 모습으로 나오는 선수들 속에서 서울시청 팀 선수들은 눈에 확 띄었다.

개인행동을 엄금하고 몇 명씩이라도 뭉쳐 다니라고 강요하는 게 일반적인 실업팀의 문화였지만, 우리 팀은 맺고 끊는 것을 분명히 하고, 함께 행동할 때와 개인적으로 자유롭게 행동할 때를 확실히 구분하는 문화를 정착시켰다. 같이 밥을 먹고 나면, 몇 시까지는 '자유시간'이라는 방식으로 선수들을 풀어주었다. 선수들이 주말에 쉬고 있거나 평일이라도 가끔 오후에 쉬고 있으면 사생활에 대해 일절 간섭하지 않았다. 심지어는 남자친구가 없는 선수들에게 단체미팅을 주선하고, 술값까지 내 주머니를 털어서 내줬으니, 다른 지도자들 눈에는 내가 정상이 아니었을 것이다.

원정 경기를 가면 경기를 보러 따라오는 선수 가족들이 있다. 실업팀에서는 보통 이럴 때 따로 자리를 만들거나 하지는 않는다. 경기에 졌다면 더 말할 것도 없다. 하지만 나는 경기 결과와 관계없이 선수와 가족들이 만나 식사할 수 있도록 꼭 자리를 챙겨주었다. 선수한테 남자친구가 있으면 데려와서 밥도 같이 먹고 경기도 볼 수 있게 했다.

나처럼 선수들을 오냐오냐하고 심지어 남자친구까지 끌어들이면, 운동에 집중하지 못하고 흐트러진다느니, 정신력이 해이해진다느니, 경기력에 방해가 된다느니 하는 말도 주변에서 많이 들었다. 선배 지도자들은 늘 그런 생각이었으니, 내가 선수들을 다루는 방식이 지나치게 파격적이고 이해가 안 되었을 것이다.

하지만 내게는 고정관념에 불과했다. 선수들의 집중력을 유지하고 정신력을 다지는 방법이 어째서 이것저것 다 못하게 하는 억압 일변도일까? 그들의 방식은 마치 바람 든 풍선을 계속 누르는 것과 같다. 처음에는 풍선이 더 팽팽해지니까 긴장되는 것처럼 느껴지지만, 계속 누르다보면 결국 터질 수밖에 없다.

선수들을 마치 감옥살이하듯 억압하다보면 곪아 터져서 사고가 일어날 수밖에 없다. 핸드볼팀에서도 선수 이탈 사태로 큰 홍역을 치르거나 사실상 팀이 붕괴되다시피 한 사례가 한두 건이 아니다. 다른 팀들을 보면 고등학교를 졸업하고 갓 입단한 선수들이 두세 명씩 사라지는 일도 흔했다. 실업팀에 와보니 고등학교 때보다 수준이 훨씬 높아서 전전긍긍하고 있는데, 선수를 억압하는 분위기는 학교 다닐 때와 별로 다르지 않으니 못 버티고 이탈하는 것이다.

선수들을 옥죄고, 코트 밖에서까지 선수에게 해묵은 이미지를 요구하는 것은 지도자가 선수를 믿지 못하기 때문이다. 자유를 주면 정신력이 해이해지고, 경기에 집중하지 못한다는 식으로 선수들을 불신하기 때문에 자꾸만 틀어쥐고 억압하려 드는 것이다. 언제까지 이런 '불신의 리더십'으로 팀을 끌고 갈 수 있을까? 시대가 바뀌면 사고방식도 바꿔야 하고, 과거의 방식에 집착해서는 안 된다. 선수들을 믿고, 선수들을 인격체로서 대우하며 자유를 주되, 책임은 분명히 하는 '신뢰의 리더십'만이 반짝 성공이 아닌, 꾸준한 성장과 성공을 일구어낼 수 있을 것이다.

2

선수의 성장이 곧 팀의 성장이다

서울시청 감독으로 있으면서 선수들에게 내준 숙제가 하나 있다. 바로 책읽기다. 선수들에게 한 달에 책 한두 권씩은 꼭 읽도록 했다. 말로만 하지 않고 "지금 뭐 읽고 있어? 요즘 읽은 책 있어?" 하고 자주 물어보면서 확인했다. 한 달에 한 번 정도는 영화도 보러 다녔다.

운동장 바깥에도 넓은 세상이 있다

선수들 대부분이 학교 때부터 운동만 하다 보니, 세상을 보는 시야가 좁다. 성적을 위한 경쟁이 너무나 치열하고, 운동부라는 게 운동 외 딴생각을 못 하게 하는 강압적인 분위기가 대부분이다 보니, 또래 학생들이 즐기는 문화를 거의 경험하지 못한 채 학교를 졸업하게 된다. 이렇게 운동이라는 작은 세상에서 살던 아이들도 학교를 떠나 실업팀에 오면 운동 그 바깥에 있는 넓은 세상을 보고 싶어 한다.

나는 어땠을까? 서른네 살이 되어서야 운동 바깥의 세상을 알기 시작했던 것 같다. 그전까지는 운동이라는 세상 속에서 목표를 향해 죽어라 하고 뛰는 삶이었다. 일본에서 선수 겸 감독으로 활동하던 중 결혼을 했고, 2000년에는 예상치 않게 임신까지 해서 그해 시드니 올림픽 출전을 포기했다가, 2003년에야 대표팀에 복귀해서 서른넷에 마지막으로 2004년 아테네 올림픽에 참가했다.

인생의 여러 큰 변화를 겪고, 아이 엄마가 되고, 대표팀에서 마지막 올림픽을 준비할 때쯤에야 비로소 바깥세상이 보이는 느낌이었다. 그전까지는 눈앞에 보이는 목표를 향해 앞만 보고 달렸던 것 같은데, 다른 세상을 보게 되면서 나 자신을 돌아보게 되었다.

'지금까지 왜 운동, 운동만 했을까? 왜 그렇게 하나만 보고 달렸을까? 일찍 깨달았다면 다른 일도 충분히 할 수 있었을 텐데…' 하는 생각이 자주 들었다. 살아오면서 지금까지 후회되는 일을 하나만 꼽으라면, 그 나이 때 해야 할 걸 못 한 것이다. 10대 때, 20대 때 하지 못한 일을 40을 넘어 지금 50대가 되어서 하려고 하니까 몸도 마음도 뜻대로 되지 않았다. 그렇다고 그 시절로 다시 돌아갈 수도 없다. 20대의 오경과 지금의 오경이 이야기를 나눌 수 있다면, 이런 얘기를 해 주고 싶다.

"네 나이에만 할 수 있는 일들, 하고 싶은 일들, 그거 꼭 해야 해. 지금은 참고 나중에 잘 돼서 해야지, 하고 생각하겠지만, 그거 안 된다! 10대 때 할 일, 20대 때 할 일을 40대, 50대가 되어서 할 수 있을 것 같아? 못 해. 그러니까 네 나이에 맞는 문화를 즐기고 놀아야 해. 잠을 줄이더라도 말이야."

바깥세상으로 향하는 문을 열어젖히다

이런 생각이 들자, 내 스스로 변해야겠다고 마음먹었다. 2003년 이전의 나와 그 후의 나는 다른 차원의 사람인 것만 같았다. 나 자신이 변하는 것은 물론이고, 지도자로서 선수들에게도 바깥세상의 문을 활짝 열어주고 싶었다. 내가 서른이 넘어서야 보게 된 세상을 제자들에게는 더 빨리, 더 넓게 보여주고 싶었다. 한국으로 복귀해서 서울시청 팀 감독을 맡으면서 나는 본격적으로 내가 마음먹은 바를 실천에 옮겼다.

아주 소소한 것이라도 선수들이 운동 외에 다양한 경험을 할 수 있기를 바랐다. 선수들과 함께 밥을 먹으러 갈 때도 비슷비슷한 것 말고 다양하게 먹으려고 했다. 한식은 물론이고, 일식, 중식, 이탈리안 레스토랑 등등 한국에서 먹을 수 있는 세계의 다양한 요리를 다 먹으러 다녔던 것 같다.

여름에는 다 같이 바닷가에 놀러 가기도 하고, 겨울에는 스키를 타러 가기도 했다. 봄에는 벚꽃 구경을 하거나 놀이동산에 가는 등 함께 다양한 경험을 하면서 즐겁게 시간을 보냈다. 누가 보면 운동선수가 아니라 직장 동호회쯤으로 여겼을 것이다.

경기에만 집중하고 운동만 생각해도 모자랄 판에, 책 읽고, 영화 보고, 먹으러 다니고, 놀러 다니는 게 대체 운동 잘하는 거랑 무슨 상관이 있냐고 반문할 수 있을 것이다. 하지만 하루 종일 운동만 생각한다고 경기를 잘할 수 있을까? 직장인이 하루 종일 업무만 생각하고, 업무에만 매달린다고 뛰어난 직장인이 될 수 있을까? 그렇게 일에 치여 살다가는 오히려 업무 의욕이 떨어지거나 '번아웃 증후군'에 시달릴 수도 있고, 도저히 견디지 못하고 사표를 던질 수도 있다. 선수들도 마찬가지다. 예전처럼 선수들을 압박 일변도로 몰아붙이면 이제는 무조건 참지만은 않는다. 잊을 만하면 벌어지는 선수들의 팀 이탈 사태가 시대의 변화를 보여주고 있다.

선수의 성장이 곧 팀의 성장이다

우리 사회도 이제 '워라벨(work life balance)'을 점점 중요하게 여기고 있다. 업무를 할 때는 업무에 집중하되, 쉴 때는 확실히 쉬는 그런 행복한 삶을 추구하는 사회로 나아가고 있다. 감독은 운동만 잘 시키고, 성적만 잘 내면 된다고 생각할 수 있다. 대다수 지도자의 정서가 그렇기도 하다. 하지만 운동선수라고 언제까지나 예외일 수는 없다. 인간은 육체만으로 운동하지 않는다. 육체도 건강해야 하지만 정신도 건강해야 한다. 정신이 풍요롭고, 정서가 안정되어 있으면 경기에도 긍정적인 영향을 줄 수 있다.

사람들은 스티브 잡스 같은 거장을 거론하며 인문학적 소양과 예술적 감각이 얼마나 중요한지를 강조한다. 기업에서도 전공을 불문하고 인문학적 소양과 문화적 감수성을 요구하고, 임직원들에게 다양한 프로그램을 제공한다. 운동선수라고 예외일 수는 없다. 선수를 단지 운동하는 기계로만 본다면 감독은 될 수 있어도, 리더나 지도자로서는 반쪽짜리에 불과하다. 스포츠계에서 잊을 만하면 터져나오는 폭력 문제나 성폭력 문제도 선수를 오로지 운동하는 기계로만 보고, 선수에게도 그렇게 생각하도록 요구하는 분위기가 주요한 원인 중 하나라고 생각한다.

건강한 육체는 물론이고 건강한 정신, 그리고 풍요로운 지식과 정서가 겸비된 선수를, 미래에 대한 불안보다는 미래를 준비하는 선수를, 그래서 코트에서는 다른 생각 안 하고 마음껏 뛸 수 있는 선수를 키우고 싶었다. 단기적으로 반짝 성적을 내는 팀보다는 선수도 팀도 함께 성장하면서 더욱더 단단해지는 팀을 만들고 싶었다. 서울시청 핸드볼팀에서 창단 때부터 시작해 11년 동안 감독으로 있으면서, 6년 만에 '핸드볼코리아리그'에서 준우승을 거두고, 8년 만에 우승을 거둘 수 있는 팀이 된 것도 단순히 운동만 잘해서가 아니라, 육체와 정신 모두 건강하게 성장해준 선수들의 공이 가장 컸다.

3

선수 이후의 삶도 중요하다

나는 선수들의 운동 이후의 삶에도 관심을 기울였다. 선수들도 언젠가는 현역 생활에서 물러날 것이다. 운동선수의 은퇴는 30대 중후반으로, 일반적인 사회인들이라면 한창 전성기일 때다. 40대까지 현역으로 남아 있는 선수도 있지만, 그것도 몇몇 종목에 한정된 극소수에 해당될 뿐이다. 피겨스케이팅 같은 경우는 10대 후반에서 길어야 20대 초반까지가 전성기이고, 20대 중반부터는 이미 은퇴를 고려해야 하는 상황이다.

선수들이 다 지도자가 될 수는 없다

운동선수는 신체를 극단적으로, 한계까지 사용해야 하는 직업이므로 부상의 위험이 크다. 운이 없으면 부상 때문에 원치 않게 은퇴를 해야 할 수도 있다. 아무런 준비도 없이 갑자기 코트를 떠나야 한다면 어떤 마음일까? 아마도 비행기에서 맨몸으로 정글에 떨어진 것처럼 막막하고 운동을 위해 모든 걸 희생해온 삶이 허무할 것이다.

선수 생활 이후에 지도자로 전향할 수도 있지만, 현실적으로 그런 기회는 소수에게만 돌아간다. 그래서 코트를 떠난 후 어떤 분야에서 어떤 일을 하며 어떻게 살아갈지 알 수 없다. 은퇴 이후에도 사회에서 제 몫을 하면서 살아갈 수 있도록 준비가 필요하다.

조직의 리더라면 조직 구성원들을 잘 챙기고 성장할 수 있도록 도와야 한다. 스포츠팀의 지도자라면 선수들이 운동을 잘하고 경기에서 이길 수 있도록 가르치고 돕는 게 가장 중요한 역할일 것이다. 그러다 보니 선수들이 현역에서 은퇴한 후에는 어떻게 살아가는가, 하는 문제는 그냥 선수 개개인에게 맡겨지는 게 보통이다. 감독들 또한 선수 이후의 삶은 팀과는 관계없는 문제라고 생각할 테니, 별 관심이 없을 것이다. 하지만 나는 선수 이후의 삶도 살펴주어야 선수들이 미래에 대한 불안감 없이 운동에 전념할 수 있을 거라고 생각했다.

그래서 선수들에게 운전면허증은 무조건 따게 했고, 운동선수의 특기를 살릴 수 있는 '생활스포츠지도사' 자격증도 반드시 따도록 적극 권장했다. 그 밖에도 커피에 관심이 있는 선수에게는 바리스타 자격증 공부를 할 수 있도록 하는 등, 체육 쪽이 아니더라도 선수들한테 유용할 것 같은 자격증 공부를 할 수 있도록 적극 도왔다.

눈빛을 반짝이며 심리학 수업을 듣던 선수들

어려서부터 '운동선수는 공부 못한다, 공부 못하니까 운동한다'는 편견이 싫어서, 주위 다른 선수들은 고등학교만 마치고 바로 실업팀으로 갈 때 나 혼자만 대학에 진학했고, 지도자 생활을 하는 동안에도 대학원에 다니면서 석사와 박사 학위를 받았다.

대학원에서는 스포츠를 통한 리더십과 심리학에 관한 연구를 하고 싶었는데, 스포츠 체육사를 전공한 교수님께서 구술사에 관한 연구를 하자고 권유하신 게 계기가 되어, '체육 구술사'를 석·박사 학위의 논문 주제로 삼게 되었다. 체육 구술사에 리더십 이론과 아메데오 게오르기(Amedeo Giorgi, 1931~)의 현상학을 결합한 결과가 내 박사 학위 논문인 〈지도자들의 구술사와 현상학적 분석으로 본 한국 여자핸드볼〉(한국체육대학교 대학원, 2014)이다.

대학원에서 공부할 때도 '이건 선수들도 같이 들어보면 좋겠다' 싶은 강의들이 있으면, 교수님에게 부탁해서 선수들도 같이 들을 수 있게 했다. 특히, 우리 팀에 은퇴 후에 지도자가 되고 싶어 하는 선수들이 있었는데, 심리학과 리더십에 관한 강의는 좋은 지도자가 되기 위해서 꼭 들어야 하는 교양수업이라고 생각했다.

심리학 수업이 너무 어려웠던 것인지, 아니면 그날따라 너무 피곤했던 것인지 책상에 엎드려 자는 선수들도 있었지만, 지금까지 몰랐던 세상을 보고 들은 게 신기하고 재미있었던지 눈빛을 반짝이며 경청하는 선수들도 있었다. 심리학 공부를 하면서 나 스스로 참 재미있었고, 몰랐던 세계를 알게 된 게 너무 기뻐 선수들과 공유하고 싶었는데, 모두는 아니어도 공감하는 선수가 있다는 사실만으로도 무척 반가웠다.

선수들에게 미리 지도자 경험을 해보게 하는 것도 좋을 것 같았다. 이건 단순히 선수들에게 지도자 경험을 하게 하는 것 말고도 다른 목적도 있었다. 내가 아무리 선수들의 입장에서 이해하려고 해도 어쩔 수 없이 나와 선수들 사이에 벽이 생길 때가 있는데, 나는 그게 선수들이 지도자로 활동해보지 못해서 지도자의 입장을 잘 모르기 때문이라고 생각했다. 이런 건 말로 해서는 이해시키기가 쉽지 않다. 나는 선수들이 가르치는 입장이 되어보면 지도자의 처지를 더 잘 이해할 수 있을 거라 생각했다.

그래서 선수들을 데리고 아이들을 가르치는 활동에 나섰다. 한 달에 한 번씩 선수들과 함께 아이들을 가르치고 돌아오는 길에 여러 이야기를 나눴다. 그중 지도자의 꿈을 갖고, 함께 심리학 수업도 들었던 선수가 이런 이야기를 했다.

"감독님, 저는 그냥 선수만 하고 말래요. 애들 때문에 답답해 죽는 줄 알았어요. 저는 지도자감은 아닌 것 같아요."

이제야 내 입장을 조금은 이해하는구나, 싶었다.

"반가운 소리구나. 그런데 지도자감이 아니긴 뭐가 아니냐! 누군 태어날 때부터 지도자였겠냐? 지금은 선수지만 지도자를 꿈꾼다면 언젠가는 반드시 이뤄야지. 할 수 있어. 그래서 지금은 오히려 선수 생활을 멈추지 않고 오래 할 수 있도록 최선을 다해야 해. 너도 느꼈겠지만 누굴 가르친다는 게 쉽지 않거든."

고등학교 졸업 후 바로 실업팀으로 온 선수들한테는 야간 대학이나 사이버 대학을 다니면서 학위를 받을 수 있도록 도와줬다. 그렇게 운동만 보고 살아온 선수들에게 내 나름의 방식으로 바깥세상을 보여주기 위해서 노력했고, 이걸 통해 건강한 육체와 건강한 정신, 그리고 풍요로운 정서가 함께하는 인격체로 선수들을 성장시키고 싶었다.

미래에 대한 희망을 품고 코트에 나설 수 있게

지금은 평범한 직장인들도 은퇴 이후의 삶을 미리미리 준비하는 시대다. 과거에는 평균수명도 짧고, 일단 회사에 들어가면 큰 문제가 없는 한 정년이 보장되었기 때문에 회사에서 열심히 일하다 은퇴할 때가 되면 그동안 모아놓은 재산과 퇴직금으로 평균 10년 남짓한 여생을 보낼 수 있었다. 하지만 지금은 완전히 다른 시대다. 평균수명은 훌쩍 길어졌는데,

정년을 채우고 은퇴하기가 점점 힘들어지고 있다. 무엇보다 평균수명이 늘어나 은퇴 후에도 짧게는 20년, 길게는 30년 이상을 살아야 한다. 그러니 과거와 같은 방식으로는 노후를 버틸 수가 없는 것이다. 이제는 인생 2막을 사회적으로 당연하게 여기는 분위기가 되었고, 기업에서도 은퇴 이후의 삶을 준비하는 데 적극적인 지원을 하고 있다.

일반 직장인들의 은퇴가 짧아졌다지만 그래도 아직 명예퇴직은 40대나 50대의 문제다. 하지만 운동선수들은 30대 때부터 은퇴가 현실이 된다. 그런데 이런 상황에서도 운동선수는 다른 건 생각하지 말고 운동만 해라? 대단히 무책임한 말이라고 생각한다.

선수들은 늘 미래에 대한 불안감에 시달린다. 언제든 부상을 당해 장기간 결장할 수도 있고, 잘못하면 뜻하지 않게 은퇴할 수도 있다. 재계약에 실패하거나 팀이 아주 해체되어서 갑자기 직장을 잃는 선수도 있다. 기업 팀의 경우, 기업의 경영 상황이 나빠지면 가장 먼저 '돈이 안 되는' 부분부터 칼을 댄다. 이른바 '비인기종목'이라면 더더욱 손쉬운 정리 대상이 된다.

2004년 아테네 올림픽 때는 소속팀과의 계약 만료, 잇따른 실업팀 해체로 대표팀 선수 다섯 명이 무소속 상태였는데,

감독이었던 임영철 감독님 또한 처지가 별반 다르지 않았다. 선수 이후의 삶에 대한 불안을 안고 경기를 뛰는 선수와 미래를 착실히 준비해서 미래에 대한 희망을 품고 코트에 나서는 선수 중 누가 더 안정된 심리 상태로 뛸 수 있을까?

코트 바깥에서의 삶까지도 지켜주고 싶었다

지금도 가끔 나한테 찾아와서 고마움을 표하는 제자들이 있다. 언젠가는 '스승의 날'에 제자들이 찾아왔는데, 그중 두 명이 이렇게 말했다.

"선생님, 저 드디어 졸업해요!"

운동하기도 힘든데 대학교 공부라니, 처음에는 힘들고 지치고 그래서 이걸 꼭 해야 하나 싶었는데, 졸업을 앞두고 보니 너무 잘한 선택이었다는 것이다. 제자들 중에는 대학을 졸업해서 지도자나 체육 행정가가 된 선수도 있고, 핸드볼계는 아니더라도 생활체육 분야에서 활동하는 선수도 있다. 그런가 하면 체육 이외의 분야에서 사회인으로 활동하거나, 결혼해서 아이 낳아 키우면서 살림하는 제자도 있다.

나는 같은 팀에서 한솥밥 먹던 제자들이 경기를 잘하고

성적을 잘 내는 모습도 기쁘지만, 은퇴하고 나서도 무엇이 됐든 각자의 분야에서 자리를 잡고 살아가는 모습을 보는 것도 큰 기쁨이다. 선수들을 단지 성적을 내기 위한 도구가 아니라, 코트에서는 물론이고 코트 바깥의 삶까지도 지켜주고 싶었던 내 노력이 조금씩 결실을 맺고 있는 것 같아 마음이 무척이나 흐뭇하다.

4

세상이 바뀌면 우리도 바뀌어야 한다

스포츠계는 바깥세상에 비해 문화적인 변화가 느리고, 그렇기에 여러 가지 악습 또한 쉽게 없어지지 않는다. 팀의 막내들은 힘들고 궂은일을 하고, 선배들은 편하게 막내들에게 일을 시키는 문화는 너무나 당연한 듯 오랫동안 이어져왔다. 막내 시절에 궂은일을 하다가 시간이 지나 고참이 되면 '본전 생각'이 날 수밖에 없고, 나도 막내 시절에 고생했으니, 이제는 좀 편하게 후배들에게 시켜야지, 하고 생각하기 마련이다.

쉽게 없어지지 않는 부당한 악습들

과거에는 대회 경기는 물론이고, 연습 때도 후배들은 선배들이 마실 물을 커다란 물통에 담아서 운반해야 했다. 고참들은 편하게 몸만 오면 되지만 후배들은 무거운 물통을 끙끙거리면서 옮겨야 했고, 선배 선수들의 수건 같은 것까지 다 챙겨 와야 했다. 이걸 하기 위해 후배들은 몇 시간 전부터 나와서 준비해야 했다. 이런 문화를 바꿀 때가 됐다고 생각했다. 먼저 고참 선수들을 설득했다.

"앞으로 대회 기간 때만 지금처럼 후배들이 물을 챙기도록 하고, 연습 때는 자기가 마실 물은 각자 가져오는 걸로 하자. 타월도 자기 쓸 건 자기가 가져오고."

물론 선수들한테만 시키지는 않았다. 내가 솔선수범해야 했다. 나부터 내가 마실 물과 타월은 스스로 챙겨 왔는데, 그것만은 선수들이 도저히 못 봐주겠는지, 결국 선수들끼리 논의해서 내가 마실 물만큼은 자기들이 챙겨 오겠다고 해서, 내가 한발 물러났다.

초등학교 4학년 때 핸드볼을 시작하고 나서 운동하는 건 정말 좋았지만, 당시 만연해 있던 구타와 온갖 궂은일을 당연하다는 듯 후배들에게 떠넘기는 악습들은 너무 싫었다. 그때부터 선배가 되면 나는 그러지 말아야겠다고 다짐해왔다.

어렸을 때부터 나는 칭찬받는 것을 좋아하는 아이였다. 그런데 내가 아무리 잘해도 팀이 경기에서 지면 당연하다는 듯 다 같이 체벌을 받았다. 선생님한테 매를 맞을 때마다 속으로 너무나 화가 났다. '난 잘했는데, 왜 맞고 있는 거지?' 그때는 이게 너무 억울했다. 하지만 시간이 지나면서 생각이 바뀌었다. 이게 나만 안 맞으면 되는 문제가 아니라, 폭력으로 선수들을 통제하려는 문화가 잘못됐다는 것을 알게 되었고, 서서히 반감을 갖게 되었다.

누군가는 나서서 악순환의 고리를 끊어야

선배가 되면 후배 시절 고생했던 걸 보상받으려는 심리가 생기게 마련이다. 하지만 누군가는 이런 보상 심리를 극복해야 악순환의 고리를 끊을 수 있다. 내가 고참이 되어 국가대표팀 합숙 훈련에 합류했을 때는 숙소가 2인 1실이었다. 이럴 때 보통은 방을 같이 쓰는 두 사람 중 후배인 선수가 청소며 빨래 같은 허드렛일을 도맡아 하게 된다. 몸은 참 편했다. 내 몸만 잘 관리하면 되고, 그 밖에는 별로 할 일도 없으니 시간이 너무 남아돈다는 생각이 들 정도였다.

하지만 마음은 불편했다. 그래서 시간 날 때마다 방 청소도 하고, 빨래도 후배 것까지 모아서 한꺼번에 해버렸다. 대학에 돌아와서도 똑같이 하려고 했다. 후배 때는 3, 4학년 선배들이 외출했을 때 후다닥 청소며 잡일을 다 해놓았지만, 내가 4학년이 되었을 때는 숙소가 지저분하면 후배들과 같이 청소를 했다.

그래도 악습이란 게 참 무섭다. 대학에서 고참으로 있을 때 악순환의 고리를 끊으려고 많은 애를 썼는데, 졸업하고 시간이 지난 뒤에 가보니 후배들이 예전 악습을 다시 살려놓았다. 내가 좀 더 대학에 남아 있었다면 어떻게든 악습을 끊어낼 수도 있었겠지만, 대학에서 고참 선수로 있을 수 있는 시간은 고작해야 1~2년에 불과하니 불가항력이었다.

서울시청 팀 감독으로 부임하고 나서도, 선수들에게 세상이 변하고 있다는 것을 강조했다. 우리들의 문화는 직장 안에서나 밖에서나 항상 선배와 후배다. 항상 선수로 지내는 것이 당연시된다. 이제는 선수들도 공과 사를 구분해야 한다. 운동을 할 때는 선배, 후배지만, 자유시간에는 사람과 사람이어야 한다.

선후배 사이도 서로 존중하는 관계로 바뀌어야

다른 팀들은 합숙 때 후배 선수들이 떠안는 일들을 우리 팀에서는 선후배가 같이 나눠 맡도록 했다. 세탁기를 돌리거나 방 청소를 하는 일도 순번을 정해서 고참 선수들도 하도록 했다. 남는 시간에는 다른 선수들과 어떻게 소통할지, 동료나 후배들의 어떤 부분에 관심을 가지고, 어떤 부분은 터치해서는 안 되는지도 가르쳐주었다.

물론 고참 선수 중에는 자기도 막내 시절 다 겪은 일인데, 이제 좀 편해질 만하니까 귀찮게 바꾸려고 한다며 떨떠름한 반응도 있었다. 그래서 시간이 날 때마다 카페에서 고참들과 많은 대화를 했다.

"선생님, 저는 후배 때 이런 거 저런 거 다 했단 말이에요!"

"그건 빨리 태어난 네 잘못이지! 이제 세상이 바뀌었어. 다른 팀에서 사건 사고 터지는 거 봤지? 그냥 하던 대로 하면 우리 팀에서는 안 터질 것 같니? 이제는 선배들이 후배들한테 일 시키고 괴롭히고 하는 그런 시대가 아니야. 오히려 후배들한테 잘해줘야 하는 시대야. 좀 억울할 수도 있겠지만 세상이 바뀌는데 우리도 바뀌어야지, 안 그러니?"

선수 시절에도 그랬던 것처럼 내가 솔선수범해야 고참들도 잘 따라온다. 국가대표팀 합숙 때처럼 나도 손이 남으면 직접 팔을 걷어붙이고 청소했다. 물론 선수들은 이런 내 모습에 깜짝 놀랄 수밖에 없었다.

"뭐야? 저 감독 언니는? 진짜로 청소도 다 해놓고, 먹을 것도 자기가 직접 사 가지고 오고?"

후배가 자기와 잘 안 맞거나, 자기 눈에 이상하게 보이는 후배가 있으면 선배들끼리 작당해서 후배를 따돌리는 일도 팀 안에서 종종 벌어진다. 옛날에야 선배와 후배 사이에 일방적인 관계가 성립할 수 있었지만, 지금은 세상이 바뀌었다. 이제는 선후배 사이도 서로 존중하는 관계로 바뀌어야 한다.

서로 존중하는 법을 배워가는 선수들

한쪽만 존중해서도 안 된다. 둘 사이의 관계를 다시 정립하는 것도 지도자의 몫이다. 후배가 선배 보기에 이상한 행동을 했다든지, 감독한테 고자질을 했다는 등의 이유로 후배를 왕따 시키면 양쪽 선수를 따로따로 만나서 이야기를 들어보고 설득해야 한다. 선배 선수한테는 이렇게 타일렀다.

"너 마음에 안 든다고, 그렇게 집단으로 따돌리는 거 이제는 범죄야. 이제는 세상이 바뀌었다고, 알겠어? 마음에 안 드는 게 있으면 좋게 이야기하고, 그래도 안 되면 나한테 도와달라고 해야지."

후배 선수는 이렇게 달랬다.

"선배가 너한테 그러는 거, 네가 싫어서 그러는 거 아냐. 스포츠계가 일반 세상과는 다른 부분이 있다 보니, 선배는 그게 일상의 말투였을 거야. 물론 의도가 그게 아니었어도 받아들이는 사람이 언짢다면 어쩔 수 없지만, 그래도 선배가 너한테 정이 있어서 그러는 거야."

이렇게 따로따로 설득하고 나면 당사자들이 함께 만나서 대화할 기회를 마련해준다. 그렇게 분위기가 만들어지면 나는 자리에서 빠져 나온다. 내가 없는 자리에서 당사자끼리 속이야기를 하고, 울고불고하면서 화해할 수 있도록 하기 위해서다.

그러고 나면 나중에 나에게 따로따로 전화가 온다. 후배 선수한테 "선배 언니가 뭐라고 했니?" 하고 물으니, "잘 풀었어요. 선배가 잘해주겠대요" 하고 답한다. 선배 선수는 후배의 태도에 진짜 화가 났지만 "세상이 변했다고 하시니, 저도 적응하기 위해서 노력할게요. 고맙습니다" 하고 말한다. "애들은 싸우면서 큰다"는 말처럼, 사람 사이의 트러블은 언제든 있을 수 있지만, 지도자가 어떻게 하느냐에 따라 서로가 존중하는 방법을 배워가면서 성장하는 계기가 될 수도 있다.

세상이 바뀌면 우리도 바뀌어야 한다

선수로 활동할 때도, 감독 생활을 할 때도 핸드볼계에 자리 잡고 있는 잘못된 악순환의 고리를 끊으려 노력했고, 손찌검 같은 건 한 번도 해본 적이 없다. 그러니 내가 국회의원이 된 뒤인 2021년에 체육계가 폭력과 성폭력 문제로 홍역을 치를 때, '아니면 말고!' 식으로 누군가가 내 학교 폭력 의혹을 인터넷에 올렸을 때의 황당함이란 이루 말할 수 없었다. 나뿐만이 아니라 제자들까지도 한편으로는 어이가 없고, 한편으로는 화가 나서 나에게 연락을 했다. 울먹이면서 필요하면 자기가 직접 증언에 나서겠다는 제자들을 다독이기도 했다.

정치인이 된 이후에도 이런 내 스타일은 계속되고 있다. 정치 신인인 내게 주위의 경험 많은 분들이 여러 가지 조언을 해줬다. 그런데 아무리 생각해봐도, '옛날에는 그랬을지 몰라도, 지금은 세상이 바뀌어서 이제는 안 맞는 것 같은데…' 하는 생각이 드는 이야기도 적지 않았다. 왜 그래야 하는지 이유를 물어보고 나서 납득할 수 있다면 받아들이지만, 그렇지 않을 때는 단호하게 이야기한다.

"그런 생각은 이제는 바꿨으면 좋겠어요. 과거에는 그게 맞았을지 모르지만, 시대가 변했잖아요."

나는 여전히 정치 초년생이고, 아직은 배워야 할 게 많다. 그렇기에 정치 선배들의 의견에 귀 기울이고, 그분들의 경륜과 경험을 존중하는 건 당연하다. 그래도 변화하는 세상에 맞춰 정치 문화에도 변화가 필요하다. 국민은 달라지고 있는데, 정치가 변화의 속도를 따라가지 못하면 정치는 국민과 점점 멀어질 것이다.

지금 내 주변에 있는 분들은 대부분 나보다 나이가 많은 분들이고, 설령 나이는 나보다 적더라도 정치 경험으로 치면 아직은 비교가 안 된다. 그래도 나는 새로운 환경에 적응이 빠른 편이라, 나도 정치에 적응하고 주변 분들도 내 스타일에 적응해가면서 점점 '원팀'이 되어 가는 것을 느낀다.

감독으로서 선후배 선수들에게 서로 존중하는 자세를 가르쳤던 것처럼, 정치에서도 선후배가 서로를 존중하고 상대의 의견을 귀 기울여 들어주기를 바란다. 나 또한 정치 신인으로서 배우는 자세를 지키고 존중할 것은 존중할 것이다.

하지만 잘못된 것, 시대에 뒤떨어진 것이 있다면 분명히 이야기할 것이다. 그래야만 우리가 원팀으로 뭉칠 수 있고, 시대의 변화와 국민의 변화에 발맞추어 갈 수 있다고 믿는다.

4부

공감과 소통의 정치가
국민의 삶을 바꾼다

의 장

1

국회의원은 정말 몸이 열 개라도 모자라다

지역구 국회의원은 '투잡'을 뛰는 직장인이다. 중앙정치도 중요하기 때문에 국회에서도 열심히 활동해야 하지만, 지역의 대표자이기도 하기에 지역구 관리도 열심히 해야 한다. 지역의 현안 상황을 점검해서 중앙정치를 통해 풀어야 하고, 지역에서 쏟아져 들어오는 온갖 민원들 또한 소홀히 할 수가 없다. 게다가 지역에서는 온갖 행사들이 열리는데, 이때 지역구 국회의원은 크고 작은 행사에 단골로 초청된다. 국회의원이 되기 전에는 몰랐는데, 막상 내가 그 처지가 되어보니 정말로 "몸이 열 개라도 모자라다"는 말이 과장이 아니었다.

눈도장만 찍는 보여주기식 방문은 안 해!

2023년 3월을 끝으로 당 대변인직에서 물러났다. 이제부터는 지역구에 좀 더 많은 시간을 할애해야지, 하고 마음먹었는데, 정신을 차려보니 보통 하루 일정이 열 개가 넘었다. 어떤 날은 아침 6시부터 일정이 있을 때도 있었다. 특히 5월 '가정의 달'로 접어들면서 폭발적인 일정을 소화해야만 했다. 일단 경로당 어르신들과 같이 식사하거나, 경로잔치에 참석하거나 하는 일정들이 촘촘하게 잡혀 있다. 보통은 바쁜 일정을 이유로 짧게 인사를 나누고 눈도장만 찍고 나오는데, 나는 그 정도로는 도무지 성이 차지 않았다.

언젠가 '가정의 달' 행사로 경로당 어르신들의 점심 식사 자리에 참석한 적이 있었다. 감자탕집에 모인 어르신 중에는 젓가락질이 잘 안 되는 분도 있고, 뜨거운 것을 잘 못 드시는 분도 있었다. 그 모습을 그냥 두고 볼 수가 없어, 비닐장갑을 끼고는 뜨거운 돼지 뼈에서 살코기를 다 발라내고, 우거지는 먹기 좋게 가위로 잘라서 어르신들 접시에 놓아드렸다. 그 자리에는 우리 당의 광명시 시의원들도 참석했는데, 내가 각자 테이블을 하나씩 잡고 어르신들을 도와드리라고 했다.

어떤 어르신은 다리가 불편한데, 화장실에 가고 싶다고

하셨다. 화장실을 가려면 계단을 오르내려야 하니 혼자서는 못 가신다고 하셨다. 여성분이다 보니 남자 시의원한테 시킬 수도 없고, 그래서 내가 업다시피 해서 볼일을 볼 수 있게 도와드렸다. 결국 우리 일행은 그 자리에서 3시간이나 있었다. 눈도장만 찍고 갔으면 30분도 안 걸렸을 텐데 말이다.

경로당을 방문하면 청소와 설거지를 하고 잠깐이나마 앉아서 어르신들 말벗이라도 되어 드리고 나면, 밥 먹을 시간을 놓칠 때가 많다. 또 퇴근 시간에 맞춰 전통시장을 방문했다가 여기저기 돌아다니다 보면 2시간 정도는 훌쩍 지나가버린다. 최대한 많은 장소, 많은 행사에 가야 한다고 충고하는 분들도 있지만, 나한테는 눈도장만 찍고 가는 식의 방문이 어색하기만 하다.

나는 '제 버릇 개 못 주는' 사람!

연말연시 교회에서 진행하는 불우 이웃에게 위문품 보내는 행사에 방문했을 때도 마찬가지였다. 행사 장소에 가보니 교인들이 모여 앉아서 위문품 꾸러미를 만들고 있었다. 다른 의원들도 몇 명 방문했지만, 다들 기념사진만 찍고 서둘러

가버렸다. 나는 "제 버릇 개 못 준다"고, 교인들과 함께 앉아서 선물 꾸러미를 포장하느라 또 한참을 거기 앉아 있었다.

선배 국회의원들은 중앙정치에 지역구 관리까지 일정이 정말 빡빡하다 보니, 인사만 하고 가기에도 시간이 모자라다고 한다. 그래도 봉사를 하러 왔으면, 봉사하는 분들과 호흡을 맞춰서 뭐라도 해야 하는 게 맞지 않을까 싶다. 인사만 하고 갈 시간밖에 없다면 대표자나 후원자한테 감사 인사 정도만 드리고 말아야 하는데, 위문품 상자 만드느라 고생하는 분들에게 굳이 일을 멈추게까지 하면서 인사하는 건 오히려 그분들한테 방해가 되는 것 같아 너무 불편했다.

국회에서라고 이런 내 스타일이 어디 가겠는가. 국회에서는 의원들이 주최하는 토론회가 자주 열린다. 그래서 종종 다른 의원이 주최하는 토론회에 초청을 받기도 한다. 의원들 대부분은 토론회가 시작될 때 축사하고 사진 찍고 바로 자리를 뜬다. 나는 소속 상임위원회 일정처럼 불가피한 상황이 아니면 끝까지 자리를 지킨다. 언젠가는 꼬박 2시간 동안 자리를 지키고 앉아서 토론 내용을 다 듣고, 마무리 발언까지 해주는 의원은 처음 봤다는 소리까지 들었다.

앞에서도 말했지만, 당 대변인직에서 물러나고 이제 시간 여유가 조금 생기겠지 싶었는데, 그래서 지역구를 좀 더 챙겨야지 하고 있었는데 웬걸, 전보다 두 배는 더 바빠진 것 같다. 그러다 보니 주변에서 '한곳에서 시간을 너무 많이 쓰는 거 아니냐, 그렇게 끼니까지 거르며 일정을 소화하다가는 건강 해친다, 남들처럼 요령껏 좀 하라'는 소리를 종종 들었다. 처음에는 이런 말을 들어도 '나 운동선수 출신이야!' 하며 대충 흘려들었다. 그러다 결국 큰일을 치르고 말았다.

"이거 안 되겠다. 119라도 부르자."

빡빡한 일정에, 끼니도 수시로 거르고, 잠도 제대로 못 자는 날이 이어졌다. 여기에 '의정보고대회'까지 치르다 보니 결국 대변인을 그만두고 한 달도 안 되어 탈이 나기 시작했다. 처음에는 목이 아팠다. 좀 무리해서 그런가 싶었고, 아무리 아프다고 이미 잡힌 일정을 취소하기도 힘들어서 진통제를 먹어가며 버텼다. 3일째가 되니 열이 오르기 시작했다. 그때도 진통제와 감기약을 먹으며 악착같이 일정을 소화했다.

그 이튿날이 되니 이제는 속도 메스껍고, 다리도 아프고, 흉부에도 통증이 생겼다. 너무 아팠지만 어떻게든 버티면서 일정을 소화하는데, 주위 사람들이 하나둘 걱정을 하기 시작했다. 나는 웬만하면 아파도 내색을 안 하는 편이라 웬만큼 병이 심하기 전까지는 주위에서 잘 모른다. 선수 시절 크고 작은 부상에 수시로 시달리다 보니 웬만해서는 내색을 안 하는 습관이 생겼던 것 같다.

그런데 상태가 점점 심해지니 내 의지와는 상관없이 표가 나기 시작했다. 내 상태가 안 좋다는 걸 알아보는 분들이 생겨났다. 일정이고 뭐고 병원부터 가야 한다는 말까지 나왔다. 하지만 다음 날도 일정이 꽉 차 있고, 나를 보고 싶어 하는 사람들이 많으니 선뜻 일정을 취소할 수가 없었다. 속으로 '이것까지만 하고 쉬지, 뭐…' 했다. 그렇게 겨우겨우 약으로 버티고 있는데, 상태가 더 나빠졌다. 이제는 "이거 안 되겠다. 119라도 부르자"는 말까지 나왔다. 됐다고, 이제 집에 가서 자고 나면 나을 거라고 하면서 주변 권유를 뿌리치고 집에 와서 잠자리에 들었다.

그다음 날에도 아침부터 행사가 있어서 차를 타고 행사장으로 갔다. 행사장에 도착해 차에서 내리려는데, 다리가 움직이지 않았다. 가까스로 차에서 내리긴 했지만, 도저히 혼자서는 제대로 서 있을 수가 없었다. 결국 수액이라도 맞고 다시 행사장에 와야겠다 싶어 병원으로 갔다. 의사 선생님이 엑스레이 사진을 보더니 여기서는 안 되니 큰 병원으로 가야 한다고 하셨다. 가까운 큰 병원에 가서 다시 엑스레이를 찍고 기다리는데, 문틈으로 의사 선생님 목소리가 들렸다.

"이 환자 뭐야? 왜 여기 왔어? 당장 입원해야 할 환자인데, 왜 여기로 온 거야?"

국회의원 체질? 아니 난 국가대표 체질!

결국 입원해서 검사를 받아 보니, 폐렴이 진행되어서 조직 괴사가 일어났고, 이제는 '흉막염' 초기 증세까지 보인다고 했다. 염증이 심해져서 조직이 괴사하면 염증은 오히려 누그러져야 하는데, 염증도 여전히 심한 상태라 의사 선생님도 깜짝 놀랐다. 선생님은 이렇게까지 되도록 왜 그냥 놔뒀냐고 한바탕 야단을 치시더니, 폐에 물이 차 있으니까 빨리 물을 빼내야 한다고 하셨다.

결국 며칠 동안 병원 신세를 져야 했고, 그 이후로도 항생제를 먹어가면서 완전히 회복하기까지는 몇 달이 걸렸다. 워낙 상태가 나빴기에 항생제도 독한 걸로 써야 해서 그 부작용으로도 몇 달을 시달렸다. 의사 선생님은 당연하게도 나에게 활동 좀 줄이고, 무리하지 말고, 잘 쉬고 잘 먹어야 한다고 당부했지만 어디 그럴 수가 있나. 퇴원하고 나서도 전만큼은 아니지만 또 지역구 관리에, 지역 민원에, 일정을 안 잡을래야 안 잡을 수가 없었다.

당시 일주일 동안 병원에 있으면서 많은 생각을 했다. 아픈 것까지 참아가면서 죽자 살자 뛰었는데, 갑자기 뚝 멈춰버리니 정말 많은 생각이 머릿속을 오갔다. 당연히 가장 먼저는 내 몸이 건강해야겠다고 생각했다. 내가 건강해야 주위 사람도 챙기고, 지역도 챙길 수 있으니까. 이렇게 환자가 되어버리면 아무것도 할 수 없으니까. 그리고 나부터 행복해져야겠다는 생각도 했다. 가식적으로 행복한 척만 해서는 남에게 행복을 줄 수 없을 테니 말이다. 국회의원으로 일하는 동안에는 계속 바쁠 거고, 남들처럼 요령껏 할 성격도 아니니, 적어도 몸에 이상이 있을 때는 참지 말고 바로바로 대처해야겠다고 생각했다.

종종 정치인들이 보여주기식으로 현장을 방문하는 모습들이 여론의 도마 위에 오른다. 심지어는 참사 현장에서 기념사진을 찍다가 여론의 뭇매를 맞기도 하고, 보여주기식 현장 방문으로 오히려 현장에서 일하는 사람들을 방해했다고 비난을 받기도 한다. 그런데도 여전히 잊을 만하면 비슷한 문제가 불거지는 것을 보니, '바쁘니까, 관행이니까.' 하는 식으로 과거를 답습하는 문화가 정치권에도 남아 있는 듯하다.

그런데 그게 국회의원의 체질이라면, 나는 아무래도 그 체질은 아닌 것 같다. 너무 불편해서 앞으로도 그렇게는 못 할 것 같다. 무엇보다 이제는 세상이 변했다. 현장에서 바로바로 불만의 목소리가 터져 나오고, 인터넷에 올라와서 순식간에 퍼져 나간다. 시대도 변하고 사람도 변했는데, 정치인들의 태도나 정치권의 관행이 변하지 않는다면 정치는 점점 국민과 멀어질 것이다. 비록 내가 정치는 초보이지만, 어떻게 사람들과 공감하고 그들의 마음을 얻을 것인가, 하는 문제에 있어서는 초보가 아니다. 이건 스포츠나 정치나 별반 다르지 않기 때문이다.

2

상대방의 공감을 이끌어내는 방법

우리는 '역지사지'라는 말을 잘 알고 있다. 다른 사람의 입장이 되어 생각해 본다는 뜻인 '역지사지'는 인간관계를 원만하게 유지하기 위해 꼭 필요한 자세다. 그런데 현실에서는 참으로 실천하기 어려운 게 바로 이 역지사지다.

다른 사람의 입장에서 생각하기

나는 선수로 활동할 때도, 지도자로 활동할 때도 늘 어떻게 하면 상대방의 눈으로 나를 바라볼 수 있을지 고민했다.

내 상식으로는 도저히 이해가 안 가는 사람이 있을 때, '저 사람은 왜 저럴까?' 하면서 그 사람의 입장이 되어보려고 했다. 그리고 어떻게 하면 저 사람을 내 편으로 만들 수 있을까 생각했다. 별 대단한 이유가 있었던 게 아니다. 처음에는 그저 내가 살아남기 위해서였다.

학생 시절 나는 '어떻게 하면 한 대라도 덜 맞을 수 있을까, 어떻게 하면 감독 선생님한테 칭찬받을 수 있을까?'에 대해서만 열심히 생각했다. 그러다 감독님이 어떤 선수를 좋아하는지에 대해 생각하게 되었고, 마침내는 감독님이 좋아하는 선수가 되려면 어떻게 해야 하는지에 대해서도 고민하게 되었다.

하지만 핸드볼은 팀 스포츠다. 나 혼자 잘하고 감독님이 나만 좋아한다고 되는 게 아니었다. 그러다 보니 다른 선수들을 보면서 '왜 이렇게 못하지?' 같은 생각을 수도 없이 했다. 못하는 선수들이 너무 미웠다. 그렇다고 나 혼자 경기에 나갈 수는 없었다. 싫든 좋든 팀으로 함께 나가야 했고, 다른 선수들이 잘해줘야 경기에서 이길 수 있었다.

선수마다 잘하는 게 있고 못하는 게 있을 테니, 나는 동료 선수들이 딱 한 가지씩이라도 본인이 잘하는 걸 해줬으면 했다. 그래서 나는 동료 선수들에게 부탁했다.

"넌 이것만 해. 다른 건 내가 도와줄 테니까, 이것만 해. 알았지?"

어떤 친구는 오른쪽으로 줄 때는 패스 캐치를 잘하는데, 왼쪽으로 주면 매번 공을 놓쳤다. 그래서 이 친구한테는 되도록 오른쪽으로 주려고 노력했다.

내가 계속 동료 선수들에 대한 불만만 품고 있었다면 동료들끼리 사이만 나빠지고, 팀워크도 엉망이 되었을 것이다. 대신 나는 선수 한 명 한 명이 뭘 잘하고 뭘 못하는지 파악해서 약점은 보완하고 장점은 살리기 위해 내가 뭘 할 수 있는지 방법을 찾았다. 그리고 그러기 위해서는 그 친구들의 입장에서 생각할 수 있어야 한다는 것을 어릴 적부터 터득해 나갔다.

지도자로 활동할 때도 어떻게 하면 팀이 하나가 될 수 있을까? 왜 이 선수와 저 선수는 사이가 안 좋을까? 왜 후배 선수들이 저 고참 선수를 싫어할까? 이런 의문에 대한 답을 찾기 위해 끊임없이 생각했다. 또한 그러기 위해서는 내가 아닌, 당사자의 눈으로 문제를 볼 수 있어야 했다. 대체로 이렇게 하면 문제의 원인이 보였고, 해결 방법도 어렵지 않게 찾을 수 있었다. 그래서인지 국회의원으로 활동하고 있는 지금도 지도자 시절 제자들이 고민거리를 들고 찾아온다. 나만큼 자기를 잘 아는 사람이 없다면서 말이다.

지금 필요한 게 무엇인지 정확히 알기

타인의 입장이 되어 생각하고 이를 통해 상대방의 공감을 이끌어내는 습관은 정치에 입문한 뒤에도 도움이 되었다. 국회의원이 되고 나면 첫 번째로 해야 할 일이 보좌진을 구성하는 것이다. 국회의원의 손과 발, 눈과 귀가 되어 줄 보좌진은 성공적인 의정활동을 위한 핵심 자원이다. 특히 정치 경험이 없는 신인이라면 더더욱 경험 있는 보좌진의 도움이 필요하다.

나 역시 정치 신인이었기 때문에 보좌진 구성을 어떻게 해야 하나 고민이 많았다. 신인이라 보좌진의 도움이 더 절실한데, 경험이 없다 보니 보좌진을 어떻게 구성해야 하는지, 어떤 사람을 써야 하는지 감을 잡기가 어려웠다. 그래도 감독으로서 팀을 구성하고 운영한 경험이 있으니 나를 믿고 가자고 마음먹었다.

당시 내 보좌진 9명 중 6명은 지난 임기까지 광명시 갑 선거구에서 국회의원을 지낸 백재현 전 의원의 보좌진이었다. 시작은 21대 총선에서 불출마 선언을 한 의원님께서 나에게 보좌진들을 부탁하면서부터였다. 이래도 되나 싶어, 다른 의원들의 조언을 구해보니 이구동성으로 바꿔야 한다고, 자신과 손발을 잘 맞출 수 있는 자기 사람으로 보좌진을 새로 짜야 한다고 했다.

그런데 나는 생각이 달랐다. 국회에서 일을 하려면 여러 가지 규칙이나 관례가 있을 것이고, 보좌진을 바꾼다고 해도 나 같은 정치 신인은 경험 있는 보좌관을 영입해야 하기에 다른 국회의원과 일했던 사람을 찾아야 하는데, 기존 보좌진을 물려받는 것과 그리 다를 게 있을까 싶었다. 또한 사람을 바꾸지 않더라도 내가 핸드볼팀 감독으로 있으면서 팀을 내 스타일대로 만들어나갔던 것처럼, 보좌진도 내가 원하는 방향으로 바꾸어갈 수 있을 거라고 생각했다.

그렇게 다른 자리를 찾아 떠난 사람들을 제외한 나머지 보좌진을 받아들이고, 빈자리는 스포츠계 전문가를 영입해서 채웠다. 다른 의원들은 내 결정을 의아하게 생각하면서 왜 바꾸지 않았냐고 하며 새로 뽑으라고 했다. 그런 얘기를 들을 때마다 "네네, 일단 좀 보고 생각할게요" 하고 넘어가야 했다.

내가 원하는 게 무엇인지 정확히 보여주기

처음에는 국회의원 업무에 익숙하지 않았기 때문에 주로 보좌진에게 보고를 받는 입장이었다. 같은 초선 의원이어도 정치계에서 경험을 쌓고 의원이 된 사람과 나처럼 정치와는 무관한 일을 하다가 의원이 된 사람은 또 다르다. 나는 국회 행정이나 절차를 거의 모르기 때문에 '나보다 더 많이 아는 보좌진에게 도움을 받아야지.' 하는 마음이었다.

그러다 선배 의원들과도 자주 소통하고, 업무를 조금씩 알아가면서 궁금증이 하나둘 늘어났다. '왜 이건 이렇게 할까, 이렇게 할 수는 없을까, 더 나은 방법이 없을까?' 하는 의문이 들면서 단순히 보고만 받는 데 그치지 않고 질문을 하는 입장이 되었다.

특히 신경이 쓰였던 것은 "왜 이렇게 하는가?"라는 질문에 "예전에 이렇게 했다"는 식의 대답이 돌아왔을 때였다. 전임 의원은 나보다 훨씬 어른이다. 세대 차이가 있을 수 있다. 전임 의원의 세대에서는 당연하게 여겨지는 것도 나에게는 다르게 보일 수 있는 여지가 얼마든지 있었다.

전임 의원의 보좌진을 물려받은 것은 그분들이 쌓아온 경력과 경험을 존중했기 때문이지, 전임 의원이 하던 것과 똑같이 하겠다는 뜻은 절대 아니었다. 예전의 경험으로부터 장점은 받아들이되 새로운 리더를 만났으니 바꿀 것은 바꿔야 했다.

보고를 받는 단계에서 시작해 질문을 하는 단계로 올라가고, 경험이 더 쌓이면서는 구체적으로 내가 원하는 것을 요구하는 단계까지 이르렀다. 리더가 바뀌었으니, 보좌진들도 기존의 관례에서 벗어날 필요가 있었다.

"저는 이렇게 하는 건 별로 좋아하지 않아요. 이건 제가 직접 할 테니까, 이 부분들을 해주세요."

여기서 내가 직접 하겠다고 말한 부분은 내가 원하는 게 무엇인지 보좌진들에게 분명하게 보여주기 위한 것이었다. 말로만 이래라저래라하는 것보다는 직접 보여주는 게 훨씬 이해하기 쉽다. 책상머리에 앉아서 지시만 내리고, 보좌진이 가져온 결과물이 마음에 안 든다고 투덜거리는 건 쉽다. 대신 보좌진이 내 의중을 파악해서 뭔가를 바꾸기에는 쓸데없는 힘이 많이 들고 시간도 오래 걸린다. 또한 내가 이래라저래라만 하고 있으면 속으로는 '경험도 별로 없으면서 뭘 안다고…' 하는 반발 심리가 생길 수도 있다.

시간을 갖고 서로를 충분히 알아가기

나는 기본적으로 사람을 대할 때 처음부터 '이 사람은 이런 사람일 거야' 하는 식으로 색안경을 끼고 보지 않는다. 대신 함께 일하면서 이 사람이 어떤 식으로 일하는지 관찰하면서 판단한다. 지도자 생활을 할 때도 선수들을 천편일률적으로 대하기보다는 개개인의 성향을 파악해서 사람에 따라 다르게 대했다. 그러자면 개개인을 정확하게 파악해야 한다. 진단을 잘못한 의사가 올바른 치료법을 내놓을 수는 없다. 진찰과 검사를 해보기도 전에 이 환자는 이런 병일 거라고 판단해버린다면 제대로 된 진단이라고 할 수 있을까?

진단과 검사를 통해 환자의 병이 파악되었다면 의사는 늦기 전에 단호하게 판단하고 처방을 내려야 한다. 마찬가지로 리더가 구성원이 어떤 사람인지 파악했다면, 그에 따른 대응도 빠를수록 좋다. 잘못된 부분, 나와 맞지 않는 부분이 있다면 "이건 이렇게 하지 마세요" 하고 단호하게 얘기해야 한다. 지적해야 할 것을 빨리 지적하지 못하고 질질 끌거나, 단호하게 얘기하지 못하고 돌려서 얘기하면 문제를 바로잡는 데 시간이 걸리거나, 문제 해결이 불가능해질 수도 있다.

처음부터 '나는 이런 스타일이니까…' 하면서 내가 원하는 것을 쏟아내고 보좌진에게 바뀌기를 요구했다면 '지금까지 해오던 게 있는데 갑자기 바꾸라고? 저 사람이랑은 같이 못 하겠어' 하고 이탈하는 사람들이 속출했을 것이다. 시간을 두고 상대방을 충분히 파악한 다음 나와 맞는 것, 내가 적절하게 타협할 수 있는 것, 그리고 변화를 요구해야 하는 것을 구분해야 한다. 사람에 대해서도 '정밀 타격'이 필요하다.

내가 상대방을 파악할 시간이 필요하다면 상대방 또한 나를 파악할 시간이 필요하다. 상대도 나라는 사람이 누군지를 알아야 무엇을 원하는지, 어떻게 맞추어갈지 이해할 수 있을 것이다. 이런 과정을 통해 서로를 이해하고 적응해 나갔기 때문에 불화로 인한 이탈 없이 단단한 팀을 만들 수 있었다.

만약 처음에 주위 의견을 받아들여서 보좌진을 모두 바꿨다면 지금보다 결과가 좋았을까? 나와 잘 맞을 거라고 생각해서 사람을 뽑았는데, 막상 같이 일해보니 기대에 못 미친다면 어떻게 해야 할까? 내보내고 다른 사람을 또 찾아야 할까? 어쩌면 나하고 맞는 보좌관을 찾아 헤매다가 4년 임기를 다 보내야 할 수도 있다.

나는 사람을 갈아치우는 것보다는 그 사람을 변화시키는 편이 더 낫다고 생각한다. 나에게 맞는 사람, 내 사람을 찾는 것도 방법이겠지만 나에게 맞는 사람으로, 내 사람으로 만드는 것도 방법이다. 스포츠 지도자 경험을 통해 충분히 그렇게 할 수 있다고 생각했고, 나름의 방법도 터득했다.

상대방이 기피하는 사람 되지 않기

지역구 현안을 풀 때나 민원을 해결할 때도 상대방의 입장에서 먼저 생각하고, 상대방의 처지를 이해한 바탕 위에서 상대의 공감을 이끌어내는 방식을 활용하고 있다. 지역구 재건축 아파트 단지 내에 새로운 학교를 건립하는 문제가 있었다. 일이 좀처럼 진척이 안 되다 보니 해당 지역 학부모들의 불만이 점점 커져갔다. 커뮤니티에서 교육청 공무원들을 비난하는 글이 늘어나고, 댓글도 점점 톤이 높아졌다. 공무원과 학부모가 실랑이를 벌이는 일까지 벌어졌다.

이 문제와 관련해서 교육청과 학부모가 모이는 간담회가 열렸다. 간담회에 참석해 양쪽의 이야기를 들어보니, 사업이 진척되지 않고 공무원들이 적극적으로 나서지 않는 이유를 이해할 수 있을 것 같았다. 간담회가 끝난 다음 따로 학부모들과 자리를 가졌다.

"공무원들은요, 자신들의 업무 범주가 있고, 지켜야 할 법령과 규칙이 있어요. 그런데 부모님들이 자꾸만 비난하고, 악플 달고, 뭐라고만 하면 공무원들이 적극적으로 일을 하고 싶겠어요? 오히려 더 소극적으로 될 거예요. 그리고 인사이동 때 여기는 서로들 안 오려고 할 거고요. 공무원들이 여러분을 기피하면 일은 더 안 될 거예요.

공무원들이 여러분을 기피하게 만들지 마세요. 어떻게 우리 문제에 공감하게 할 것인가, 그것이 부모님들의 역할이에요. 그렇게 공감을 이끌어낼 수만 있다면 공무원들의 열정이 다시 살아날 수 있을 겁니다.

광명시에서 여러분들의 노력으로 새로운 학교가 들어설 텐데, 그러면 여러분들의 이름도 학교의 역사에 새겨지지 않겠어요? 이 일을 진척시키기 위해서는 공무원과 싸우려고만 하지 말고, 어떻게 하면 우리 편으로 끌어들일 수 있을지 생각해보셔야 합니다."

상대방의 입장을 이해하고 공감 이끌어내기

내가 생각하기에 이 문제를 푸는 방법은 크게 세 가지가 있다. 첫 번째는, 당연히 공무원들이 해야 하는 일이니까 공무원들이 하도록 기다리면서 지켜보는 것인데, 일 진척이 안 되고 있으니 이 방법은 이미 답이 아니다.

두 번째는, 정치적으로 공무원들을 대하는 방법이다. 당장은 효과가 있어 보일 수 있다. 특히 국회의원이라면 학부모와 모인 자리에서 교육청 담당자를 불러서 왜 일 안 하냐고 호통을 칠 수도 있을 것이다. 학부모들도 유권자이니, 국회의원으로서 존재감도 보여줄 수 있다. 하지만 그게 끝이다. 문제를 풀고 일을 진척시키는 데는 도움이 안 된다. 1년 후 인사 이동 때 후임에게 인수인계가 제대로 될 리가 없다.

마지막은, 내가 학부모님들에게 이야기한 것이다. '공무원들은 왜 저래? 왜 일 안 해?' 이렇게만 생각하고 비난하고 싸우면 감정의 골만 깊어지고, 공무원들은 더욱 일하기 싫어질 것이다. 질문을 조금 바꾸어서, '정말로 저 공무원들의 어려움은 무엇일까? 일이 되게 하려면 어떻게 해야 할까?'라는 차원에서 생각해보면 문제를 바라보는 틀을 바꿀 수 있다.

일 진척이 안 되는 원인을 공무원의 입장에서 생각해보면 해법이 보인다. 공무원들의 태도가 옳다고 정당화하려는 것이 절대 아니다. 옳다, 그르다를 따지고 서로 으르렁거리면서 기 싸움만 하는 것보다는 일을 진척시키는 게 훨씬 중요하기 때문이다. 싸우고 몰아붙여서 억지로 끌고 가려고 하면 계속 지지부진할 것이다. 반대로 공무원의 입장을 이해해주고, 그들의 공감을 이끌어내고, 동기를 부여해서 자발적으로 일을 하게 한다면 일은 훨씬 수월해질 것이다.

현재 문제가 되었던 학교 건립 문제는 이런 과정을 거쳐 보다 다양한 각도에서 획기적인 안들이 나오고 있다. 모두에게 결과가 최선일 수는 없지만 과정의 최선은 우리가 함께 만들어 갈 수 있다.

3

말이 잘 통하는 조직 만들기

조직을 이끄는 리더들에게 큰 골칫거리 중 하나가 소통 문제다. 많은 리더들이 조직 내의 원활한 의사소통을 강조한다. 하지만 소통이 잘 되는 조직을 만드는 일은 참 어렵다. 많은 리더들이 소통을 강조하는 이유도, 중요하지만 어렵기 때문일 것이다.

지도자와 선수, 선배와 후배

핸드볼팀 감독 시절에도 늘 가장 큰 고민거리는 소통이

었다. 20명 정도밖에 안 되는 작은 조직이지만, 소통과 융합이 잘 되는 팀을 만드는 건 정말 쉽지 않았다. 다른 팀에서는 잊을 만하면 선수들의 이탈 사고가 발생했는데, 이유는 다양하지만 궁극적으로는 지도자와 선수 사이, 선배와 후배 선수 사이에 소통이 안 되는 게 가장 큰 문제였다.

사람들이 모인 조직에서는 크고 작은 일들이 생기게 마련이지만, 문제가 생겼을 때 소통이 안 되면 문제는 점점 곪아서 커지고, 리더는 결국 문제가 터지고 나서야 알게 된다. 그러면 호미로 막을 걸 가래로 막아야 하거나, 최악의 경우 아예 수습 불능 상태로 빠질 수도 있다.

소통이 잘 되기 위해서는 우선 조직 상부에 있는 사람들이 마음을 열고 자신의 기득권을 내려놓아야 한다. 그래야 지도자는 선수들의 마음을 열 수 있고, 선배는 후배의 마음을 열 수 있다. 20명 남짓의 작은 조직에서도, 알게 모르게 선수들 사이에는 시기와 질투, 암투가 있다. 문제를 풀기 위해서는 먼저 최고참 선수에게 가서 이야기한다.

"막내가 좀 가까이 다가가고 싶은데 너를 무서워하잖아. 너도 어릴 적에 어땠는지 생각해봐. 선배가 눈길 한 번 안 주면 막내는 심장마비로 죽어. 그리고 막내가 네가 무서워서 도망간다고 생각해봐. 너 정말 창피해진다. 내가 너라면 막내한테 엄할 때는 엄하게 하더라도 가끔은 따뜻한 말이라도 한마디 해주고, 커피든 밥이든 사줘서 내 사람으로 만들 거 같아. 그럼 걔는 너한테 은퇴할 때까지 잘할 거 아냐. 근데 네가 무섭게만 굴면 걔는 도망가, 너무 무서워서. 내가 데려와서 물어봤을 때 너 때문에 도망갔다는 소리나 듣고 싶니?"

그러면 고참 선수는 당연히 아니라고 한다. 방법을 잘 생각해보라고 타이른 다음 이번에는 막내 선수에게 간다.

"선배 무섭지? 나도 선수 시절 때 선배들이 제일 무섭더라. 그런데 나는 어떻게 했는지 아니? 그 선배한테 가서 '선배, 고등학교 때 팬이었어요' 그랬어. 음료수라도 하나 사 들고 가서 그런 식으로 말 한마디라도 붙여봐. 그럼 그 선배가 너 좋아할걸? 뭔가 문제라도 생기면 너 끝까지 지켜준다!"

이제 마지막으로 중간참 선수에게 간다.

"이제 중간까지 왔네. 한 1년만 더 있으면 너도 이제 고참이야. 너 여기서 힘들었지? 디테일 좀 챙겨줘."

고참, 중간참, 후배급 선수들은 같은 선수라도 속된 말로 '짬밥'에 따라 처지와 시각이 다르다. 주전 선수와 후보 선수의 처지나 생각도 많이 다르다. 이런 다양한 선수들의 마음을 이해하고 공감하고 다독여가면서 선수들이 마음을 열고 서로 소통할 수 있도록 이끌어갔다. 다행히 우리 팀에서는 다른 팀처럼 불화로 인해 선수들이 이탈하거나 하는 사태가 일어나지 않았다.

국회의원과 보좌진, 지역구 위원장과 당원

정치에 발을 들여놓고 보니, 특히 지역구 조직은 핸드볼 팀보다 훨씬 규모도 크고, 구성원들 사이의 관계도 복잡했다. 조직 내의 신경전도 만만치 않았다. 나와 같이 있을 때는 다들 나를 지지한다고 하지만, 돌아서면 한두 사람이든, 여러 사람이든 꼭 뒷말이 나온다. 이런 뒷담화가 가장 무섭다. 시기와 질투, 뒷말이 쌓이다보면 충돌이 생기고, 등을 돌리는 사람들이 하나둘 나타날 테니까 말이다. 원래 아군이었다가 적군이 된 사람이 가장 무서운 법이다.

감독으로서도 국회의원으로서도, 내가 특히 싫어하는 것 중 하나가 어떤 문제나 사건을 남보다 늦게 아는 것이다. 빨리 알았으면 사건 사고가 터지기 전에 해결할 수도 있었을 텐데, 이미 일이 터진 다음 내가 마지막에야 알게 될 때가 많았다. 그럴 때면 정말로 속상하고 화가 난다. 물론 근본적인 원인은 소통의 부재이다.

핸드볼팀 감독으로 있을 때는 선수와 코칭스태프를 합쳐봐야 20명도 안 되는 조직이기 때문에 뭔가 사건이 터져도 뒤늦게 알게 되는 일이 별로 없지만, 지역구 조직은 그보다 훨씬 규모도 크고, 규모가 큰 만큼 복잡하고 미묘한 관계들로 얽혀 있다. 게다가 국회의원이라는 타이틀 때문인지 나를 어려워하고, 문제가 있어도 자기들끼리 해결한다면서 나한테는 숨기고 있다가 일이 커진 다음에야 들통나는 경우가 많았다.

그래서 보좌진들한테도 안 될 것 같은 일을 당신들이 해결하려고 하지 말고, 나한테 빨리 보고하라고 수시로 당부한다. 보고를 빨리 해야 되는 일이 있고, 좀 늦게 해도 되는 일이 있고, 보고를 안 해도 되는 일이 있을 것이다. 이 세 가지를 잘 구분해야 조직이 원활하게 돌아가고 문제가 생겨도 빠르게 풀 수 있다. 잘 안 풀리는 문제가 있으면 빨리 조직 안에서 소통을 해야 더 커지기 전에 해결책을 찾을 수 있는데, 제때 이야기도 안 하고 문제도 해결을 못 하면 사달이 난다.

어느 지역 당원이 단체 카카오톡 방을 만들어서 나를 포함 20명이 넘는 사람들을 초대하더니, 자신이 속한 조직의 위원장에 대해 지금까지 기분 나빴던 내용을 줄줄이 올리는 일이 벌어졌다. 날벼락 같은 일이라, 도대체 어떻게 된 영문

인지 궁금해 바로 지역구 국장에게 전화를 했다. 그랬더니 국장이 말하길, "위원장님이 해결한다고 의원님에게는 말하지 말라"고 했단다.

불통의 1차적 책임은 리더에게 있다

20명 넘는 사람을 단톡방에 모아놓고 그동안 기분 나빴던 일을 터뜨릴 정도면 해결은커녕 밖으로도 벌써 얘기가 흘러나갔을 것이다. 문제를 일으킨 분에게 연락을 했다. 이게 도대체 무슨 일이냐고 물으니, "의원님에게는 말씀 안 드리려고 했는데…"라고 말끝을 흐린다.

"나한테 말을 안 하고 싶었으면 단톡방에 초대를 하지 말았어야지요. 저까지 초대해놓고 할 말 다 하셨으면서, 이제 와서 말씀 안 드리려고 했다고요?"

그랬더니 나한테 죄송해서 그랬단다. 앞뒤가 안 맞는 대답에 답답했지만, 한편으로는 이해가 가는 구석이 있었다. "그렇게 불만이 쌓였다면 저한테 먼저 얘기할 수는 없었나요?" 하니, 내가 어려웠다고 한다.

"어떻게 문을 두드려보지도 않고 어렵다고 지레짐작을

하세요? 우리가 나이 먹고 해야 할 일과 하지 말아야 할 일이 있어요. 언짢고 속상하신 건 단톡방을 통해서 봤지만 위로해 주고 싶은 마음은 들지 않아요. 지금 하신 이 행동은 진짜 어른으로서 해서는 안 되는 행동이에요. 다른 사람에게 기분 나쁜 게 있으면 누군가한테 도와달라고 요청을 하든지, 당사자한테 직접적으로 얘기를 하는 게 맞지 않나요?"

그랬더니 이번에는 위원장과 통화가 안 됐다고 한다.

"통화가 안 되면 사무국이나 저한테라도 연락을 했어야죠. 저희가 그래서 있는 것 아니겠어요? 지금처럼 갑자기 단톡방을 만들어서 수십 명을 초대해 불만을 쏟아버리면 그 방에 있던 사람들이 계속해서 외부에다 입방아를 찧어댈 텐데, 이러면 문제를 해결하는 게 아니라 더 키워버리는 거잖아요. 부끄럽지 않으세요?"

일은 이미 엎질러진 물이고, 내가 나서서 문제를 해결해야 했다. 비록 당사자들을 질책하긴 했지만, 일단 나부터 사과하는 게 먼저였다. 내가 모르는 사이에 문제가 곪고 있었다는 것 자체가, 우리 조직의 소통에 문제가 있다는 것이고, 조직의 리더인 나 역시도 책임을 피할 수 없다고 생각했다. 또한 나한테 이야기하지 않은 이유가 내가 어려워서, 나한테 미안해서라고 하니, 내가 우리 조직 구성원들의 마음을 열고 소통하기에는 아직 내 노력이 부족했다는 생각도 들었기 때문이다.

소통이 잘 되는 조직을 만드는 비법?

내가 먼저 사과하고 나서 당사자들과 직접 전화 통화도 하고 만나서 이야기하는 자리도 만들면서 화해할 수 있었다. 그래도 일찍 알았다면 바깥으로 불거지기 전에 더 원만하게 문제를 풀 수 있었을 텐데, 하는 생각에 속은 상했다.

소통이 잘 되는 조직을 만드는 데 대단한 비법이 있는 것은 아니다. 리더가 앞장서서 사람들의 이야기를 잘 듣고, 조직의 구성원들이 무서워하거나 어려워하지 않고 리더에게 이야기할 수 있는 분위기를 만드는 것만으로도 조직의 소통은 많이 개선될 것이다.

내 지역구 사무실은 꽤 시끌벅적하다. 지역에서 활동하고 있는 당원들이나 시민들이 종종 찾아와서 내가 있건 없건 수다를 떨다 가곤 하기 때문이다. 나 또한 사무실에 있을 때는 아무리 바쁜 일이 있어도 수다에 동참한다. 내가 앞장서서 더 많이 듣고, 당원들과 더 자주 스킨십을 하고, 국회의원이

저 멀리 높은 곳에 있는 어려운 존재, 즉 보스가 아니라 당원들과 함께 가는 리더라는 것을 계속 보여줄 때, 조직 안에 소통을 가로막는 벽은 허물어지고 우리는 더욱 단단하게 뭉칠 수 있을 것이다.

조직 안에서는 크고 작은 문제가 생기지만, 단지 문제라고 생각하기보다는 더 나은 조직을 만들기 위한 교훈으로 생각하면 미처 생각하지 못한 허점을 보완하고, 내가 아직 부족한 부분을 깨닫고 더 분발하는 계기가 될 수 있다. 당원들도 나도, 그렇게 '원팀'으로 성장해가고 있다.

4

쇼맨십 아닌 메시지!

2021년 10월 14일, 국회 문화체육관광위원회의 한국콘텐츠진흥원, 영화진흥위원회 등에 대한 국정감사가 열린 날이었다. 그날 내 사진이 각종 매체를 장식했다. 당시 세계적으로 큰 화제와 인기를 몰고 온 〈오징어게임〉(황동혁, 2021)을 상징하는 녹색 트레이닝복을 입고 질의를 했기 때문이다.

〈오징어게임〉의 가려진 지식재산권 문제

아마 그 사진만 본 사람들은 내가 어떻게든 튀어보이려

고 별짓 다 한다고 생각했을지도 모른다. 하지만 그날 내가 입고 나온 옷은 알맹이 없는 쇼맨십이 아닌, 메시지를 전달하기 위해 선택한 백 마디 말보다 더 강력한 수단이었다.

글로벌 OTT(Over-The-Top) 서비스인 넷플릭스를 통해 드라마 〈오징어게임〉이 방영되면서 '오징어게임 신드롬'이라는 말이 어색하지 않을 정도로 세계적인 화제와 인기를 휩쓸었고, 드라마에 등장하는 녹색 트레이닝복과 달고나 같은 아이템이 세계적인 인기를 끌면서 어마어마한 부가가치를 창출했다.

문제는 〈오징어게임〉의 지식재산권(IP)은 모두 넷플릭스에 귀속되기 때문에 거대한 부가가치 역시 넷플릭스가 독식한다는 점이다. 이것을 넷플릭스 탓만 할 수는 없다. 넷플릭스는 제작비를 전액 지원하는 대가로 IP를 가져가는 데 반해, 우리는 지금까지 제작자가 적자를 감수하면서 만들고, 광고비나 협찬을 통해 적자를 메우는 식이다 보니, 과도한 간접광고로 인해 창작자의 자유를 제한하는 문제가 있어 왔다. 국내 창작자들이 IP를 포기하고서라도 글로벌 OTT와 손잡는 이유는 열악한 국내 제작 환경 때문이었다.

그동안 K-콘텐츠가 세계적으로 큰 인기를 끌면서 문화적으로 대한민국의 인지도를 높인 것은 물론 직간접적으로 막대한 경제적 효과를 올렸다. 그렇다면 정치권은 이러한 성과를 자랑하는 데만 열중할 게 아니라, 열악한 콘텐츠 제작 환경을 개선하고 국내는 물론 글로벌 OTT와 협업할 때도 창작자가 일정한 수준의 지식재산권을 보장받을 수 있는 법률 및 제도의 보완으로 지속 가능한 K-콘텐츠의 생태계를 지원해야 한다.

〈오징어게임〉 트레이닝복 한 벌이 70만 원!

국정감사장에 〈오징어게임〉 코스튬을 하고 나간 것은, 넷플릭스 몰(mall)에서 공식적으로 팔리는 코스튬이 무려 70만 원이나 한다는 사실을 알게 되었기 때문이다. 〈시크릿 가든〉(신우철 · 권혁찬, 2010)이라는 드라마에서 남자 주인공 역을 맡은 현빈이 자신의 트레이닝복에 대해 말했던 것처럼 "이태리에서 장인이 한 땀 한 땀 만든 옷"도 아닐 텐데, 70만 원이라는 가격을 매기고도 전 세계적으로 날개 돋친 듯이 팔려 나갔다고 하니, 얼마나 막대한 돈을 벌었을까. 그중 일부라도 제작자에게 돌아갔다면 그 수입도 굉장했을 것이다.

그렇다면 내가 입고 나간 옷이 넷플릭스 몰에서 파는 70

만 원짜리였느냐, 하면 그건 아니었다. 만약 〈오징어게임〉 코스튬이 70만 원이라는 사실 하나만 알게 되었다면 너무 비싸고 배송 기간도 오래 걸리니 포기했을 것이다. 대체할 만한 게 없을까, 싶어서 막내 비서관이 알아보니, 홍대에 가면 비슷한 것을 3만 8천 원에 구할 수 있다고 했다. 그것 잘 됐다 싶어서 얼른 사 오라고 해서 보니, 색깔과 흰색 줄무늬까지는 비슷한데 번호가 빠져 있는 게 짝퉁 논란을 피하려고 한 것 같았다.

나는 돈이 문제가 아니라 70만 원짜리보다 3만 8천 원짜리가 효과가 더 좋겠다 싶었다. 4만 원도 안 하는 트레이닝복이 〈오징어게임〉이라는 타이틀을 달면 70만 원짜리가 되어 전 세계에 팔려나갈 정도로, 세계적인 콘텐츠의 힘은 문화적인 효과만이 아니라 경제적으로도 막강하다는 걸 보여줄 수 있으니 말이다. 우리는 왜 제작자가 글로벌 OTT에 지식재산권을 모두 내어주는 것을 강 건너 불구경하듯이 보고만 있을까.

국정감사 때 내 질의 순서는 두 번째였다. 처음부터 녹색 트레이닝복을 입고 계속 앉아 있기는 왠지 남사스러워서 일단은 평범한 옷을 입고 있었다. 첫 번째 질문자는 다른 당 의원이었는데, 역시 오징어게임 얘기를 했다. 내 질의 순서가 되기 바로 전에 옷을 갈아입고 나왔다. 내가 그 옷을 입고 나타나자, 분위기가 술렁였다. 다른 당 의원 쪽에서는 "아, 나도 저 옷 입고 나올까 생각은 했는데…" 하는 탄식이 터져나왔다. 글쎄, 그분은 과연 내가 왜 이 옷을 입고 나올 생각을 했는지, 이 옷을 통해 어떤 메시지를 전달하고자 했는지 알았을까?

메시지를 효과적으로 전달하기 위해서라면

국회의원에게 국정감사는 1년 중 가장 큰 일이라고 할 수 있다. 보좌진들과 며칠 밤을 새우다시피 하면서 준비한다. 국정감사는 국민의 대표기관인 국회가 국민을 대신해서 행정부와 사법부의 각 기관에 질문을 하는 시간이다. 국정감사는 이들 기관을 대상으로 하는 것이지만 국민을 위한 시간이기도 하다. 이들 기관은 물론, 대한민국 전반에 대해 국민이 몰랐던 이슈와 문제점을 알리는 시간이기 때문이다.

그런 만큼 국회의원들한테는 국정감사에서 어떤 질문을 하는지도 중요하지만, 어떻게 효과적으로 메시지를 전달하는지도 중요하다. 그저 쇼맨십쯤으로 치부할 수도 있지만 효과적인 메시지 전달 방법을 고민하는 것은 이력서나 보고

서를 깔끔한 포맷으로 작성하거나, 기업의 프레젠테이션을 공들여 멋지게 만드는 것과 비슷하다. 질의 시간도 제한되어 있어서 말만으로는 메시지를 전달하기에 시간이 너무 부족하다는 현실적인 문제도 있다.

2020년 국회 문화체육관광위원회의 대한체육회, 국민체육진행공단 등에 대한 국정감사에서 나는 우리나라 스포츠과학훈련 실태에 대한 질의를 준비했다. 보좌진들은 처음에는 기존의 국정감사에서 진행되던 방식대로 질의서를 만들어왔다. 그러나 나는 좀 더 효과적으로 메시지를 전달할 방법을 고민했고 결국 우사인 볼트가 2009년 세계육상선수권대회 100미터 종목에서 9.58초의 기록으로 세계 신기록을 작성한 영상을 보여주면서 스포츠과학의 중요성에 대해 강조하는 방식으로 질의를 전개해 나가기로 했다.

그리고 국감장에서 우사인 볼트의 경기 영상을 틀면서 잠깐 스포츠 캐스터로 분해 세계 신기록을 깨는 순간을 중계하는 퍼포먼스를 보여주었다.

우사인 볼트는 사실 선천적으로 척추측만증이 있었다. 척추측만증이 없는 사람은 정면에서 보았을 때 척추가 일직선 모양을 하고 있지만, 척추측만증이 있는 사람은 척추가 휘어져 있다. 척추측만증이 있으면 몸의 균형을 잡는 데 어려움이 있고, 골반이 흔들리기 때문에 자세가 불안정하다.

문제를 파악하고 개선하기 위해서라면

그런데 우사인 볼트는 스포츠과학의 도움을 받아 이러한 약점을 오히려 장점으로 승화시켰다. 최첨단 의료 장비를 활용한 인체 스캔 영상을 통해 볼트의 골반 움직임을 관찰한 후 동작을 교정하고, 척추를 지탱하는 코어 근육 강화 훈련에 집중하면서 흔들리는 골반이 오히려 다른 선수보다 긴 보폭을 만들어주었다. 세계 육상 역사를 다시 쓴 볼트는 장애를 극복한 인간 승리이기도 하지만 스포츠과학의 승리이기도 하다.

이제 스포츠도 과학의 영역에 들어와 있다. 과거에는 무조건 연습과 정신력을 외쳤다면 이제는 같은 양의 연습을 하더라도 과학적으로 최적화된 맞춤형 연습으로 효과를 극대화한다. 생활 규칙과 식단까지도 과학의 도움을 받는다.

이렇든 중요한 스포츠과학훈련이기에 내가 문제의식을 갖고 국정감사를 통해 개선하고자 했던 것이 있다. 우리나라는 세계 10대 스포츠 강국이고 세계 최고, 최대 수준의 국가대표 선수촌을 보유하고 있다. 그러나 스포츠과학훈련 체계는 스포츠 선진국에 비하면 여전히 주먹구구식이고 전문 인력도 부족하다. 스포츠과학훈련의 컨트롤타워 역시 제대로 확립되지 않아 체육단체 간 국가대표 선수들의 체력 및 경기력 관련 데이터들이 공유되지 못하는 문제가 있다.

우사인 볼트는 최고의 스포츠 과학훈련 지원을 받아 경기력 향상은 물론 그 분석 데이터는 훈련 프로그램을 개발하는데 큰 역할을 했다. 반면 우리나라는 최고의 환경을 갖추고도 컨트롤타워 등의 문제로 인해 더 발전하지 못하는 것을 지적하고, 이 현실을 좀 더 효과적이고 극적으로 문제 제기하기 위해 나는 국감장에서 잠시나마 스포츠 캐스터가 되었다.

스포츠는 더 역동적으로, 문화예술은 더 감성적으로

7분, 5분, 3분. 국회의원에게 허락된 질의 시간이다. 짧은 질의 시간이지만 이 3~7분 사이에 현황, 문제점, 대안까지 제시해야 한다. 그렇기에 메시지의 효과를 극대화해서 전달하기 위해 나와 보좌진들은 며칠 동안을 밤을 새우다시피 해서 준비한다. 스포츠에 관련된 질의를 준비할 때는 좀 더 힘 있고 역동적인 포맷을 생각하고, 문화예술에 관한 질의를 준비할 때는 문화예술인들의 감수성을 집어넣기 위해서 고민한다.

우리 사회의 저출생 문제가 점점 심각해지면서 스포츠계도 꿈나무들이 점점 줄어들고 있다. 나무로 말하면 뿌리가 점점 쪼그라드는 것이다. 국정감사에서 이 문제를 지적하려고 준비하다가, 문득 나무 그림을 활용하면 메시지를 효과적으로 전달할 수 있겠다는 생각이 들었다.

부리나케 나무 사진을 찾아서 프레젠테이션 자료에 추가시켰다. 점점 위축되고 있는 스포츠 꿈나무들의 통계 데이터와 함께 뿌리가 튼튼해서 잎이 무성한 나무와 뿌리가 말라비틀어져서 잎도 말라버린 나무, 이렇게 두 그루의 나무를 보여주었다.

뿌리만 튼튼하게 잘 가꾸면 잎은 알아서 무럭무럭 잘 자라고, 햇빛을 충분히 흡수해서 나무도 튼튼하게 잘 자란다. 반면 뿌리가 부실해지면 잎도 비실비실하고 나무도 비실비실할 수밖에 없다. 꿈나무가 점점 줄어드는 상황에서 성인 선수들로 겨우 버티고 있지만, 앞으로 얼마나 버틸 수 있을까? 뿌리를 되살리지 못한다면 결국 나무는 말라 죽을 것이다.

나는 두 그루의 나무를 대비시켜서, 우리 스포츠계의 뿌리와도 같은 존재인 스포츠 꿈나무들이 점점 줄어들고 있는 현실을 알리고자 했다. 말로 길고 지루하게 설명하는 것보다 두 그루의 나무를 비교해서 보여줌으로써 짧고도 강력한 메시지 전달 효과를 노린 것이다.

세상의 변화에 발맞추는 국회가 되길 바라며

문자에서 영상으로, 콘텐츠의 주류가 바뀌는 시대다. 영상도 틱톡이나 유튜브 쇼츠(Shorts)처럼 짧은 콘텐츠의 인기가 점점 올라가고 있다. 시대는 변하고 있는데, 국민에게 메시지를 전달하는 방법은 과거를 답습한다면, 국민에게 정치는 고리타분하고 낡은 이미지로 남아 점점 더 멀어져 갈 것이다.

핸드볼 감독을 할 때도 세상의 변화를 관찰하며 선수를 지도하는 틀을 바꾸려고 했던 것처럼, 국회의원으로 일할 때도 세상의 변화를 따라가면서 기존의 고리타분한 정치인의 틀을 깨고, 국민에게 한 발짝 더 가까이 다가가고 싶다.

글로벌 OTT와의 불공정한 지식재산권 문제를 지적하는 국정감사장의 옆자리에는 정청래 의원이 있었다. 감사가 끝나고 일어날 때 정 의원님이 한마디 하셨다.

"그거 어디서 났어? 나 주면 안 돼?"

워낙 아이디어가 많으신 분이라 어딘가에 활용하고 싶었던 듯하다. 나야 이번 국감에 활용할 요량으로 산 것이니, 계속 가지고 있을 이유가 없었기에 그 자리에서 바로 드렸다. 의원님은 과연 어떻게 활용하셨을지 궁금하다.

5

천 리 길도 한 걸음부터, 큰 정치도 작은 정치부터

흔히 가족을 사회의 축소판이라고 한다. 부모님과 8남매(2남 6녀)로 이루어진 우리 가족 같은 대가족이라면 더더욱 맞는 말이다. 성별도, 생김새도, 성격도 다른 8남매 안에서 자라면서 비록 가족이라는 아주 작은 사회이지만 그 안에도 정말 사람은 제각각이라는 사실을 배웠다. 이제는 다들 어른이 되고, 독립을 해서 집을 나간 다음에도 가족 사이의 일을 중재해야 할 때가 종종 있다.

가족과 팀이라는 이름의 작은 사회

부모님 해외여행을 보내드린다든가, 병원비가 필요하다든가 하면 자식들이 돈을 모아서 목돈을 마련해드리는데, 각자 상황이나 형편이 다르니 일률적으로 똑같은 액수를 내기가 어려울 수도 있다. 그렇다면 누가 얼마를 더 내고 덜 낼까? 참 어려운 문제다. 누군가는 형편이 조금 나을 뿐인데도 더 내야 한다는 게 억울할 수도 있고, 형편이 어려운 누군가는 다른 형제만큼 내지 못해서 자괴감에 빠질 수도 있다.

그럴 때면 내가 먼저 나서서 "내가 좀 더 낼 테니까, 언니도 좀 더 내" 하거나, 반대로 형편이 팍팍한 형제한테는 다른 형제들 몰래 돈을 보태주는 방식으로 서로가 찜찜하지 않도록 중재한다.

핸드볼 선수로 뛸 때나 감독으로 활동할 때도, 많아야 20명 정도밖에 안 되는 작은 조직 안에 어쩌면 그렇게도 다양한 구성원이 모여 있는지 깜짝깜짝 놀랄 때가 많았다. 가족이든 팀이든 나와 생각이 잘 맞는 비슷한 성향의 사람이 있는가 하면, 성향이 잘 안 맞고 친해지기 힘든 사람도 있다. 친구는 나와 잘 맞는 사람을 골라 사귈 수 있지만 가족은 그럴 수 없고, 운동도 그건 마찬가지다. 단체 종목에서는 정말 꼴도 보기 싫은 동료와도 한 팀으로 뛰어야 이길 수 있다.

스타일이 다른 사람들이 모여서 한 팀을 이루려면 먼저 다른 선수의 성향을 파악해야 한다. 예를 들어, 나는 왼손 오른손을 다 쓸 수 있지만, 어떤 선수는 왼손을 주로 사용하고, 또 어떤 선수는 오른손을 주로 사용한다. 그래서 패스를 줄 때는 받는 선수에 따라 어느 쪽으로 던져줄지를 생각한다. 내가 편한 대로만 던지면 공을 받을 선수가 놓칠 확률이 높아진다. 선수마다 어떤 것을 잘하고 어떤 것을 못하는지를 파악해 놓으면, 약점은 내가 보완해주고 잘하는 것을 더 열심히 하도록 도울 수 있다.

정치 초년생인 나의 가장 큰 재산

돌이켜보면 나는 8남매의 틈바구니에서, 그리고 핸드볼 팀에서 단체생활을 하면서 나도 모르는 사이에 '작은 정치'를 배웠다는 생각이 든다. 서울시청 팀 감독으로 있을 때도 팀 안에서 선수들과 코칭스태프를 잘 관리하는 것도, 안정적인 팀 운영을 위해 공무원들과의 관계를 잘 만들어가는 것도 어쩌면 '작은 정치'라고 할 수 있겠다. 다행히 11년 동안 감독으로서 팀을 큰 문제 없이 운영해왔으니, 안팎으로 작은 정치는 잘해왔던 듯하다.

가족이든 팀이든 내가 당선된 지역구와 비교하면 한없이 작은 조직이지만, 여기에서 갈고 닦은 작은 정치가 나에게는 큰 재산이 되고 있다. 정치라는 게 사회나 지역의 큰 이슈를 다룰 때도 있지만 종종 작은 민원이나 유권자, 혹은 당원들 개개인의 크고 작은 어려움을 풀어줘야 할 때도 있어서, 이럴 때면 내가 배운 작은 정치가 그 몫을 톡톡히 하곤 했다. 작은 이슈라고 해서 쉽게 무시해서는 유권자나 당원들의 마음을 얻을 수 없다.

국회의원 선거에 출마했을 때, 정치 경험이 없다는 것이 약점이 되어 공격당할 때마다 나는 '작은 정치'의 가치를 강조했다. 당의 방침으로 지역구 출마가 결정되어 연고도 없는 광명시에 오게 되었을 때, 내가 바로 시작할 수 있는 것은 작은 정치였다. 정치 초년생인 내가 처음부터 큰 현안이나 큰 정치부터 하겠다고 덤벼들면 오히려 실패할 가능성이 높다고 생각했다.

길지 않은 기간이지만 작은 것부터 시작해서 광명시에 무엇이 필요한지, 차근차근 현황을 조사하면서 점점 큰 그림을 그려나갈 수 있었다. 그리고 내가 만나는 한 사람 한 사람에게 좀 더 관심을 가지고, 될 수 있는 한 많은 이야기를 들으려고 했다. 그러다 보니 신기하게도 어린아이부터 90세, 100세 어르신까지, 남녀노소를 불문하고 누구와도 자연스럽게 대화를 나눌 수 있게 되었다.

국회와 지역구에서 발휘되는 작은 정치의 힘

미운 가족도 가족이고, 아무리 미워도 우리 선수다. 늘 이런 생각을 하다 보니, 나를 지지하지 않는 주민들도 다 같은 광명 시민이라고 생각했고, 다른 당 의원들도 싸울 때는 싸우지만 협력해야 할 때는 도움을 요청할 수도 있는 상대라고 생각했다. 덕분에 정치적으로는 대립하는 관계이지만 다른 당 의원과도 가볍게 인사 정도는 나눌 수 있었고, 행사장에서 만나면 내가 먼저 상대 당 의원이나 당직자에게 다가가 인사했다. 당이 다르다고 꼭 피하고 척을 져야 할 이유가 없다고 생각했다.

가끔은 사소해 보이는 이야기에도 귀 기울이고 공감하기 위해 노력했다. 나는 우리 지역구에 나보다 연배가 높은 여성 당원들에게 '고모'라고 부르면서 친하게 지내려 했다.

당원들 중 한 분은 정말 부부 금슬이 좋아서 남들이 질투할 정도였는데, 어느 날 남편분이 시름시름 앓더니 결국 큰 병으로 병원에 입원하는 처지가 되었다. 수십 년을 부부가 함께 살면서 행복하게 지내다가, 60이 넘어 혼자 생활하게 되자 많이 우울해하시고, 바깥출입도 잘 하려 들지 않으셨다. 안 되겠다 싶어 내가 먼저 전화했다.

"고모님, 나 한번만 생각해봐요. 나는 평생 혼자 살아요. 고모한테는 딸 같은 사람이 혼자 산다구요. 그런데 나까지 아파봐요. 부모님 걱정하고, 언니 오빠 동생들도 걱정하고, 주위 사람들까지 걱정 끼치고 그럴 거 아녜요. 고모님도 이럴 때일수록 더 건강 잘 챙기고, 사람들도 만나고 하셔야 해요. 지금처럼 우울해하시고 집에서 안 나오시면 병원에 계시는 남편분도 더 걱정하시지 않겠어요? 그러니까 고모님, 잘 챙겨 드시고 힘내셔야 해요."

또 어르신들끼리 다퉜다는 이야기를 들으면 두 분이 화해할 수 있도록 따로따로 연락해서 분위기를 만들기도 했다. 그렇게 어르신 한 분 한 분을 챙겨드리려고 노력하다보니, 나중에는 어르신과 함께 있으면 내가 착해진다고 말씀하셨다.

작은 정치가 모이고 모여 큰 정치로

내가 지역에서 고모님이라고 부르며 어르신들 한 분 한 분을 챙겨드리려고 한 건, 정치인으로서 뭔가 이득을 기대해서가 아니라 그냥 내 마음이 가기 때문이었다. 선거 때 나를 지지하지 않았던 분이라고 해도 나에게는 다 같은 광명 시민이고, 우리 당원이고, 고모님이다. 정치인은 정치적 득실에 민감하다고 하는데, 나는 아직 경험이 부족해서인지는 몰라도 정치보다는 마음 가는 쪽으로 먼저 이끌린다.

넓은 시야를 가지고, 큼직한 현안과 이슈를 잘 다뤄서 업적을 내는 것도 정치인이 할 일이지만, 시민들의 작은 아픔과 어려움에 관심을 가지고 도움을 드리는 것도 정치인이 할 일이라고 생각한다. 큰 정치도 잘해야 하겠지만, 작은 정치도 잘하고 싶고, 작은 정치가 모이다 보면 큰 정치도 잘할 수 있을 거라 믿는다.

나는 어려서부터 부모님께 예쁨받고 싶었고, 선생님한테도 예쁨받고 싶었다. 예쁨받고 싶어서 뭐든 열심히, 그리고 잘하려고 노력했다. 국회의원이 된 지금은 우리 주민들, 우리 국민들에게 예쁨받고 싶다. 어렸을 때부터 그랬던 것처럼, 내가 예쁨받을 수 있는 최선의 길은 내가 하고 있는 일을 열심히, 그리고 잘하는 것일 터이다. 정치 신인으로서 자만하지 않고, 그렇다고 신인이라고 겁먹지도 않고, 지금까지 쌓아온 작은 정치의 경험을 바탕으로 조금씩 성장해서 더 큰 정치인이 되겠다고 주먹을 단단히 쥐어본다.

5부

사람과의 만남 속에서 배우고 성장한다

더불어민주
국회의원

1

사람을 이해한다는 것

일본에서 선수로, 또 지도자도 활동했던 히로시마 메이플레즈 구단의 야마시타 이즈미 회장님은 일본 생활 동안 나에게는 양아버지와도 같은 분이었다. 비즈니스 관계를 넘어, 내가 양아버지처럼 모셨던 이유는 그만큼 배울 점이 많았고, 회장님도 나를 친딸처럼 배려해주었기 때문이다.

일본 사람은 겉과 속이 다르다?

일본인은 개인주의가 강하고, 겉으로 보이는 모습과 속

마음이 다르고, 인정이 없다고들 한다. 하지만 현지에서 부딪치면서 사람들을 만나고 함께 생활하다보니 '아, 그것도 사람 나름이구나' 하는 생각이 들었다. 특히 야마시타 이즈미 회장님은 일본인에 대한 내 선입견이 무색할 정도로 많은 배려를 해주셨다.

일본에서 선수 겸 감독으로 활동하던 2000년에 나는 예상치 못한 임신을 하게 되었다. 임신부는 절대 과격한 움직임이나 활동을 하면 안 된다고 하지만, 내가 맡은 책임 때문에 그럴 수가 없었다. 그래서 임신 6개월 때까지 코트에서 뛰었다. 하지만 그 이상은 어렵겠다 싶었고, 출산 이후까지 생각하면 공백이 너무 길어지기 때문에 사직서를 제출했다. 그런데 회장님께서는 오히려 나에게 몸조리 잘하고 돌아오라며 사직서를 반려해주셨다. 덕분에 나는 출산 이틀 전까지 선수 겸 감독으로 코트에 서 있을 수 있었다. 그리고 출산 후 두 달 만에 코트로 다시 복귀했고, 그때도 회장님은 내가 아기를 돌보면서 활동할 수 있도록 코트 한편에 아기 바구니까지 마련해주셨다.

히로시마에서 선수 겸 감독으로 활동하면서 1996년부터 2004년까지 한국 국가대표로 뛸 수 있었던 것 역시 야마시타 이즈미 회장님의 배려 덕분이었다. 팀을 책임져야 하는 감독이 자국의 국가대표로 소집되어 가면, 훈련과 대회 참가로 상당 기간 동안 공백이 생길 수밖에 없기에, 회장님 입장에서는 반대한다고 해도 이상할 게 없었다. 하지만 회장님께서는 "그래도 당신은 대한민국의 영웅이 아닌가? 가야지" 하면서 흔쾌히 허락해주셨다. 덕분에 8년 동안 일본과 한국을 오가며 활동할 수 있었다.

'우생순' 신화를 가능케 한 통 큰 결단

특히 2003년 세계선수권대회 때는 아직 일본 리그가 끝나지 않았음에도 국가대표팀에서 요청이 들어왔다. 한국은 그때 세계선수권대회에서 5위 안에 들어야만 올림픽 진출 티켓을 얻을 수 있었는데, 당시 대표팀의 전력으로는 목표 달성이 불투명하다고 판단한 감독님이 도움을 요청한 것이었다. 게다가 그때는 나뿐 아니라 오성옥 선수도 우리 팀에서 뛰고 있었는데, 감독님은 우리 둘 다 대표팀에 합류하기를 바랐기 때문에 팀 전력에 큰 공백이 우려되었다.

나는 고민 끝에 회장님께 사정을 설명했고, 대표팀 측에서도 회장님에게 여러 차례 부탁을 드렸다. 결국 회장님이 결단을 내리셨다.

“내가 한국에서 제일 잘하는 선수를 데리고 왔으니, 한국과의 관계도 생각해서 나 역시도 한국에 대한 의무를 다해야 하지 않겠나.”

회장님의 허락으로 나는 일본 리그가 진행 중인 상황에서 세계선수권대회에 나갈 수 있었고, 다행히 대한민국은 3위에 올라 올림픽에 진출할 수 있었다. 이때가 바로 ‘우생순’의 드라마를 쓴 2004년 아테네 올림픽이다. 나중에 회장님은 ‘두 사람이 2경기 정도 출전을 못 해도 나머지 경기를 다 이기면 일본 리그에 큰 지장이 없을 것 같아서’ 승낙했다고 하셨다. 지금 생각해도 정말 통 큰 결단이 아닐 수 없다.

일본 핸드볼 리그에서 8연패라는 성과를 거두자, 일본 국가대표팀 감독을 맡아보면 어떻겠느냐는 제안을 받게 되었다. 정말 고마운 일이었지만 왠지 찜찜한 기분이 들었다. 이미 여러 스포츠 종목에서 한국인 지도자가 외국 대표팀을 맡은 사례가 있었지만, 지금까지 한국 국가대표 선수로 태극마크를 달고 뛰었던 내가 일본 국가대표팀 감독을 맡는다는 건 뭔가 도리가 아닌 것 같았다. 일본 핸드볼협회 임원이기도 한 회장님께 내 생각을 말씀드렸더니, 회장님은 이해한다는 듯 고개를 끄덕이셨다.

"그게 대한민국에 대한 예의고, 임오경 상에 대한 예의니까."

그렇게 일본 대표팀 감독직 제안은 없었던 것으로 하기로 하고, 다른 관계자들에게도 그와 같은 제의는 더 이상 하지 않도록 말해두겠다고 하셨다.

화내는 것보다 더 무서운 것

내가 회장님의 인격에 감동한 것은 단지 나를 위한 배려 때문만은 아니었다. 한번은 분명히 이겨야 할 경기를 놓친 적이 있었다. '경기를 하다 보면 질 수도 있지' 하고 넘어갈 수 있는 경기가 아니었다. 당연하게도 구단 회장님이 팀을 집합시켰다. 크게 야단을 맞겠구나, 하고 나를 포함해서 선수들 모두가 잔뜩 긴장하고 있는데, 의외로 회장님은 화를 내지도 야단을 치지도 않으셨다.

회장님이 화를 안 내니까 감독인 나는 오히려 더 불안해졌다. '당연히 이겨야 할 경기를 졌는데, 왜 화를 내지 않으시는 거지?' 괜히 죄스러운 마음에 내가 더 답답하고 미칠 지경이었다. 그러고 나서 며칠 후 회장님과 식사를 하게 되었다.

나는 그때 회장님께 물었다.

"회장님, 이겨야 할 경기를 놓쳤는데, 저희가 못했는데 왜 화를 안 내십니까? 야단쳐주셔야죠."

"내가 화를 내지 않아도 너라는 사람은 다 알고 있잖아? 내가 말을 안 해도 그 경기를 진 것 때문에 지금 자책하고 있잖아? 반성하고 있잖아?"

그때 회장님 말씀을 듣고 나는 머리를 한 대 세게 얻어맞은 것 같은 충격을 받았다. '아, 이분은 사람을 알고, 그 사람에게 할 말과 안 할 말을 구분하시는 분이구나' 하는 생각이 들었기 때문이다. 경기에서 지고 선수들이 모였을 때, 회장님이 그 자리에서 화를 내고 질책을 했다면 기분은 나쁘겠지만 당연한 결과이니 마음은 편했을 것이다. 그런데 화를 내지 않고 말씀 없이 나가시는 그 뒷모습을 보면서 나는 오히려 자책감에 몸 둘 바를 몰랐다.

앞에서도 말했지만, 잘하면 칭찬하고 못하면 화내는 건 누구나 할 수 있다. 인간관계를 누구에게나 항상 'A'라는 답으로 대하는 사람과 사람에 따라 A라는 답을 낼 수도, B라는 답을 낼 수 있는 사람은 그 격차가 엄청나다. 인간관계에 정해진 답을 가지고 있고, 늘 하던 대로만 하는 사람은 편할 것이다. 별로 고민할 필요도 없고, 새로운 답을 찾기 위해 노력할 필요도 없으니까 말이다. 남들도 다 하는 그런 방식으로 해서 통하면 좋고, 안 통해도 '이래도 안 되는데, 뭘…' 하고 변명을 해버리면 그만이다. 하지만 늘 새로운 답을 찾는 사람은 자기가 찾은 방식이 안 통했을 때, '왜 남들은 안 하는 짓을 해서…' 하고 손가락질을 당할지도 모른다. 그래서 사람을 이해하고 믿으면서 개개인에게 맞는 새로운 답을 내려면 기존의 틀을 깨는 용기가 필요하다.

사람을 이해한다는 것

감독으로서 선수를 대할 때 먼저 필요한 것은 선수 개개인의 성향을 파악하는 것이다. 예를 들어, 잘못했을 때 감독이 화를 내면 혼나는 게 싫고 칭찬받고 싶어서 열심히 하는 선수가 있는가 하면, 겁에 질리고 움츠러들어서 실수가 더 잦아지는 선수가 있다. 선수 각자의 성향에 따라서 어떻게 대하는 게 더 효과적일지를 파악한다면 더 좋은 성과를 낼 수 있다.

일본과 한국에서 지도자로 활동하면서 기존의 선입견과 틀을 깨는 파격적인 시도를 많이 했다. 그런 시도는 막연히 잘 되겠지, 하는 마음이 아닌, 선수들의 성향을 파악하고 이 선수들을 어떻게 이끌어가는 게 효과적인지 고민한 결과였다. 처음에는 선수들도 적응하기 힘들었지만 내가 이끌었던 팀은 코트에서는 물론이고, 코트 바깥에서도 사람들 눈에 띄는 남다른 모습을 보여줄 수 있었다.

하던 대로 하지 않고 틀을 바꾸는 것, 그 역시 용기가 필요한 일이다. 처음 히로시마에서 플레잉코치로 활동할 때부터 기존의 틀을 바꾸기 위해 노력했지만, 경기에 진 날 화를 내지 않으셨던 회장님의 모습을 통해 나는 사람을 이해한다는 것에 대한 큰 깨달음을 얻었고, 더욱 용기를 낼 수 있었다.

회장님은 나뿐만이 아니라 내 딸까지도 물심양면으로 보살펴주셨다. 외국에서 지도자로 일하면서 혼자 딸을 키우는 생활은 정말로 힘들었지만, 회장님께서 내 딸아이의 먹는 것, 입는 것까지 신경 써주신 덕분에 비교적 탈 없이 워킹맘으로, 싱글맘으로 일본 생활을 이어나갈 수 있었다. 일본 생활을 마치고 한국으로 돌아올 때도, 한국에서 살 집을 구할 때도 도움을 주셨다. 그러니 지금까지도 내가 또 다른 양아버지로 모실 수밖에.

내가 운이 좋았던 덕인지 모르겠지만, 일본에서 나와 함께했던 모든 사람들이 나를 진심으로 대해주었다. 개인주의 성향이 강하다는 일본인들의 문화 속에서 나도 그분들의 마음을 열기 위해 많은 노력을 했지만, 내 노력에 화답해서 나에게 마음을 열어준 그분들께 지금까지도 감사할 따름이다.

2

내가 책에서 만난 사람들

외국에서 열리는 대회에 선수나 감독, 해설가로 해외에 갈 때, 그리고 정치인이 된 지금도 해외에 나갈 일이 있으면 그 나라의 역사와 문화를 좀 더 잘 이해하고 싶어서 관련된 책을 사서 읽는다. 책으로 먼저 그 나라의 역사와 문화를 맛보고 난 다음에 실제로 가보면, 왜 여기 사람들은 저런 말을 하는지, 왜 저런 행동을 하는지, 심지어는 경기장에서 상대가 우리한테 왜 이렇게 대하는지도 쉽게 이해할 수 있었다. 이런 경험을 통해 독서가 얼마나 재미있고 유용한 것인지 실감할 수 있었다.

마흔아홉에도 성공할 수 있다

지금까지 읽었던 책 중에 가장 기억에 남는 책은, 앞에서 언급한 《미움받을 용기》와 조안 리(Joanne Lee, 1945~2022)가 쓴 《스물셋의 사랑, 마흔아홉의 성공》(문예당, 1994)이라는 책이다. 이 두 책은 특히 일본에서 혼자서 외롭게 생활하고 있을 때 읽었던 거라 더 기억에 남는다.

《스물셋의 사랑, 마흔아홉의 성공》을 쓴 조안 리는 서강대학교 학생 시절에 당시 학교의 초대 학장이었던 미국인 신부 '케네스 킬로렌(한국 이름은 길로연. 대한민국 정부 수립 이후 최초의 귀화 외국인)'과 사랑에 빠지게 되었다. 킬로렌 신부는 이 일로 정신병원에 감금되기도 했지만 두 사람의 뜨거운 사랑과 열정은 누구도 막을 수 없었다. 결국 로마 교황청의 특별 사면과 조건부 허가를 받아 미국에서 결혼에 성공한다. 그때 조안 리의 나이는 스물셋, 킬로렌 신부는 마흔아홉이었다.

두 딸을 낳고 나서 가족과 함께 귀국한 조안 리는 한국 최초의 홍보 전문회사를 세우고, 1988년 서울 올림픽 홍보를 비롯한 굵직한 대형 프로젝트를 성공시켰다. 이런 경험을 바탕으로 쓴 책이 바로 《스물셋의 사랑, 마흔아홉의 성공》이다.

나는 이 책을 일본에 있을 때 처음 읽었다. 1994년에 일본으로 건너갔으니까, 그때 내 나이가 만으로는 딱 스물셋이었다. 그래서 어쩌면 이 책을 만난 게 운명이었을지도 모르겠다. 책을 보는 내내 이 사람은 정말로 특별한 삶을 사는 사람이구나, 하는 생각을 했다. 내 삶도 보통 사람들이 보기에는 그다지 평범한 삶은 아니겠지만, 이분의 삶은 나와는 비교할 수 없을 정도로 특별해 보였다.

또 이 책을 보면서 '마흔아홉에도 성공할 수 있구나.' 하는 생각을 했다. 20대였던 나에게 마흔아홉이란 숫자는 너무나 멀어보였다. 대체로 운동선수들은 자기 신체 능력이 최고점에 있는 20대 때 성공을 거두어야 한다고 생각한다. 선수 때는 빛을 못 보다가 지도자로 성공하는 분도 있지만, 아무래도 당시 나에겐 마흔아홉이란 나이를 성공과 결부하기에는 멀어보였다.

성공은 빨리할수록 좋다고 생각했던 나에게 '마흔아홉의 성공'은 그야말로 신선한 충격이었다. 지금 생각해보면 내가 정치에 입문해서 국회의원이 된 때가 우리식 나이로 마흔아홉이었으니, 어쩌면 그때가 나에겐 성공인지는 모르겠지만 우연히도 나는 그 나이에 인생의 큰 전환점을 맞이했다.

정치 경험이 전혀 없었던 내가 정당에 들어가서 국회의원이 되어 정치인으로서 인생 2막을 시작할 때도 나의 가장 큰 정치 선생님은 책이었다.

언론인 허문명 씨가 쓴 《나는 여자다, 나는 역사다》(푸르메, 2009)는 여성 정치인인 나에게 길잡이가 되어 주었다. 이 책에는 정치인, 기업인, 방송인, 예술인 등 개인의 삶을 뛰어넘어 '세기의 역사'가 된 열두 명의 여성이 등장하는데, 내가 지도자 생활을 하며 난관에 부딪힐 때마다 힘을 불어넣어 주었던 책이다. 특히 당당한 자신감으로 세상을 밝힌 미셸 오바마, 끝없는 야망으로 위기를 기회로 만들었던 힐러리 클린턴, 그리고 긍정의 힘과 단호함으로 국민의 마음을 얻은 앙겔라 메르켈 전 독일 총리의 이야기는 국회의원이 된 내게 정치인의 마인드와 리더십을 다져주었다.

진보의 가치가 무엇인지를 깨닫게 해준 책은 고 노무현 대통령님이 쓴 《진보의 미래》(동녘, 2009)이다. 이 책을 읽은 모두가 말하듯 나 역시 이 책을 시민을 위한 대중 교양서이자, 다음 세대를 위한 민주주의의 교과서로 꼽고 싶다. 이 책에는 국가는 국민의 행복을 위해서 무엇을 해야 하는가에 대한 질문이 계속 나온다. 또한 대통령을 비롯한 정부 인사들에게 '당신은 과연 어떤 철학으로 국민을 위해 일하고 있는가?'라고 묻는 책이기도 하다. 책에서 가장 기억에 남는 구절은 진보의 가치를 버스에 비유해서 설명한 대목이다.

> 진보라는 건… '차가 좀 비좁나? 그래도 뭐 다 같이 가야 되는 사람들인데 타야 될 거 아이가? 우리도 좀 타자!' 근데 못 타게 하니까 '왜 못 타 인마, 김해 사람은 손님 아니야?' 이러면서 올라타거든요.

그에 반해 보수는 '야 비좁다, 태우지 마라. 늦는다, 태우지 마라' 하고 외친다.

고 노무현 대통령님은 학생 시절 수업을 마치고 부산에서 김해로 돌아올 때, 김해 정류장에서 늘 보던 풍경을 통해 진보의 가치가 무엇인지를 명쾌하게 설명하고 있는데, 그 지혜에 정말로 감탄하게 된다. 진보의 가치는 공존에 있다는 것을 이 책을 통해 깨달을 수 있었고, 내가 정치를 하는 이유가 되었다. 비좁은 버스처럼 척박하고 팍팍한 세상이지만 함께 가자는 마음으로 연대하면, 세상은 더 아름답게 진보하지 않을까?

책을 읽는 나만의 방법

나는 소설도 좋아한다. 경기가 끝나면 흥분된 마음을 가라앉히고 기분을 전환하기 위해서 소설책과 수필집을 많이 보았다. 그런데 소설책을 볼 때마다 제삼자의 관점으로 보는 게 아니라 마치 내가 책 속 주인공, 혹은 영화 속 주인공을 연기하는 배우인 것처럼 느끼게 된다. 주인공에게 공감하는 차원을 넘어서 내가 주인공에게 '빙의'한 것처럼 책에 몰입한다.

그렇다고 해서 나는 사라지고 책 속 주인공만 남아 그저 주인공이 이끄는 대로, 소설의 줄거리대로 마냥 따라가지만은 않는다. 책을 보면서 중간중간에 '아, 이 사람은 이렇게 했네. 하지만 나는 나니까, 나는 이렇게 해야지' 하고 생각하면서 본다. 책을 다 읽고 나면 소설의 스토리만 머릿속에 남는 게 아니라, 내가 주인공이 된 새로운 버전의 스토리가 남을 때도 있다. 책이 내 것이 된 기분이다.

그러고 보니 책을 읽든 사람을 만나든, 나는 어떻게 하면 상대의 장점을 가져올 수 있을까, 어떻게 하면 내 것, 혹은 내 사람으로 만들 수 있을까, 하고 늘 생각했던 것 같다. 살면서 최고의 명저, 최고의 명화만 보고 살지는 않았다. 그렇게 골라서 보려고만 하면 1년에 책 한 권, 영화 한 편 못 볼 수도 있다. 그리 좋은 평가를 받지 못하는 책이라도 그냥 재미있어서, 혹은 시간을 때우기 위해 볼 때도 있다. 보다 보면 메시지가 나와 안 맞거나 불편할 때도 있다. 하지만 수동적으로 읽는 데서 그치지 않고, 그 안에서 좋다고 생각되는 것만 뽑아서 내 것으로 가져오면 꼭 명저나 명화가 아니더라도 살아가는 데 도움이 되거나 최소한 위로가 되는 메시지 하나쯤은 건질 수 있을 것이다.

3

엄마와 나, 그리고 딸

아버지는 그 시대의 전형적인 남자 어른이었다. 폭력적이지는 않았지만, 집에서는 항상 무서운 분이었다. 우리 8남매 모두 아버지가 너무너무 무서웠다. 하지만 아버지는 베푸는 마음도 가지고 있었다. 탁발하러 온 스님이나 동냥하러 온 거지들을 그냥 돌려보내는 법이 없으셨다. 동네에 혼자 사는 어려운 할머니가 있으면 모셔다가 식사도 대접하셨다. 아마도 일찍 돌아가신 할머니에 대한 그리움 때문이었을 것이다.

엄마를 많이 닮은 나

어머니는 조용한 분이셨다. 아버지에게도 말대꾸 한 번 안 하셨고, 우리 8남매한테도 언성 한 번 높인 적이 없으셨다. 우리 집은 동네에서 슈퍼마켓을 하고 있었는데, 어머니는 장사도 하고, 우리 남매도 키우고, 일찍 돌아가신 큰집 어른들 대신 집안 제사까지 감당해야 했다. 큰며느리도 아니면서 말이다. 어렸을 때는 잘 몰랐는데, 나이를 먹고 보니 순종적이기만 한 엄마의 모습에 화가 났다. 그래서 난 엄마처럼 안 살 거라고 다짐했다.

대학에 진학하면서 나는 서울 생활을 시작했고, 가끔 시골에 내려오면 엄마가 내 무릎을 주물러주곤 하셨다. 그러다가 잠이 들었는데, 갑자기 옆에서 누가 소리를 막 질러댔다. 화들짝 놀라 잠에서 깨보니, 엄마의 잠꼬대 소리였다. 엄마는 본인이 무슨 말을 했는지 전혀 기억을 못 하셨다. 그때 '아, 이게 화병이구나' 하고 생각했다. 엄마는 그동안 마음속에 쌓인 울화를 잠꼬대로 쏟아낸 것이었다.

하지만 이런 엄마도 나이가 들면서 달라지셨다. 언젠가 아버지가 별것도 아닌 걸로 우리 남매들이랑 싸우고 있는데, 그 조용하던 엄마가 버럭 하고 화를 내시는 것이었다.

"이 인간아, 그만 좀 해! 지금까지 애들한테 그렇게 했으면 됐지, 애들도 나이 먹었는데, 자식들이 하자는 대로 좀 해!"

그저 조용한 분인 줄만 알았던 엄마가, 나이가 들어가면서 보니 노래도 잘하시고 말씀도 어찌나 잘하시는지, 정말 깜짝 놀랄 일이었다. 어머니는 그동안 집안 시끄러운 게 싫어서 참고 있었던 것뿐이었다. 이런 걸 보면 나는 아빠보다는 엄마를 더 많이 닮은 것 같다. 내성적인 성격도 그렇고, 조용히 있는 걸 좋아하는 것도 그렇고 말이다.

아무튼 이런 엄마였기에 어렸을 때부터 엄마 옆에만 있으면 마음이 참 편안했다. 엄마가 집안일을 할 때는 옆에 앉아서 자잘한 거라도 도와드리려고 했다. 핸드볼 선수가 되고 나서 중요한 경기가 있을 때면 코트 위에서 엄마를 찾았다.

"엄마, 나 도와줘."

요즘도 그렇다. 종종 엄마의 도움이 필요하다.

핸드볼 코트에서 키운 딸

내 딸 세민이는 태어나기 전부터 나를 많이 배려해줬

다. 일본에서 감독 겸 선수로 활동하던 시기에 결혼을 했고, 2000년 시드니 올림픽을 준비하던 중에 임신을 했다. 예상치 않았던 임신이라 많이 놀랐다.

엄마가 되기 전까지는 스스로 '완벽주의자'라고 생각하며 살았고, 그런 삶이 어렵지 않았다. 열심히 선수들을 지도하고, 선수들과 함께 뛰고, 내 몸을 잘 관리하는 게 전부였기 때문이다. 하지만 내 몸속에 새 생명이 자라고 있다는 사실을 알고 난 후부터 모든 게 달라졌다. 게다가 남편과 떨어져 지내던 시기라 혼자 힘으로 임신과 출산을 감당해야 했다.

다른 사람들은 임신을 하면 혹여나 잘못될까 봐 무리하게 움직이지 않으려고 하는데, 나는 여전히 히로시마에서 선수 겸 감독으로 뛰고 있었다. 엄마의 열정에 뱃속 세민이도 감동했던 걸까? 원래 출산 예정일은 일본 종합선수권대회 결승 이틀 전이었지만, 세민이가 그 사실을 알았던 것인지 나올 생각을 하지 않았다. 덕분에 나는 만삭의 몸으로 결승 전까지 코트에 설 수 있었다. 히로시마 이즈미는 이날 경기에서 경기 종료 13초를 남겨놓고 결승골을 성공시키면서 우승을 차지했다.

나는 세민이를 코트에서 키웠다. 먼 일본 땅에서 따로 돌봐줄 사람도 없고, 사람을 쓰기에는 비용이 만만치 않았다.

다행히 구단에서 내 처지를 배려해서 코트 한편에 아기 바구니를 마련해주었다. 아이와 함께 출근해서 훈련과 경기를 뛰는 틈틈이 아이를 돌봤다. 세민이가 유치원에 다닐 때도 상황은 비슷했다. 세민이는 유치원이 끝나면 내 훈련이 끝날 때까지 코트에서 놀았다. 나는 나대로 아침 일찍부터 밤늦은 시간까지 계속되는 훈련과 육아로 힘들었지만, 그것보다는 늦은 시간까지 엄마를 따라다녀야 하는 세민이에 대한 안쓰러움이 더 컸다.

선수들과는 소통, 아이와는 불통

서울시청 팀 감독으로 오게 되면서, 이제는 다 좋아질 거라고 생각했다. 그런데 막상 와보니 서울 생활도 만만치 않았다. 다른 엄마들은 아이가 학교 가는 순간부터 학원을 거쳐 집에 오는 순간까지 딱 붙어서 챙기는데, 나는 그럴 수가 없었다. 게다가 사춘기가 되니 세민이도 점점 불만이 쌓여가는 것 같았다. 큰언니가 더 이상 두고 볼 수가 없었던지 자기가 세민이를 돌보겠다고 나섰다. 그때는 정말 천군만마를 얻은 듯했다.

하지만 얼마 가지 않아 대형 사고가 터지고 말았다. 세민이가 두 달 동안 학원을 빠졌다는 걸 알게 된 것이다. 몇 달 동안 아이를 학원에 데려다준 큰언니는 놀라 쓰러질 뻔했다. 나 또한 배신감에 감정 주체가 안 되어서 아이한테 한바탕 퍼붓고 말았다.

"엄마가 너를 위해서 이렇게 열심히 살고 있는데, 네가 어떻게 엄마한테 이럴 수 있어?"

하지만 아이가 그 뒤에 한 말을 듣고 나서 나는 모든 걸 용서할 수밖에 없었다.

"나도 엄마한테 잘 보이고 싶어. 엄마가 나를 위해서 이렇게 열심히 하는 거잖아. 잘 보이고 싶은데, 마음처럼 안 돼."

선수들 앞에서는 그렇게 "소통, 소통!" 노래를 불러놓고, 정작 내 아이가 무슨 생각을 하는지, 어떤 고민을 하는지는 전혀 모르고 있었다. 나 자신에게 너무 화가 났다. 내 욕심껏 학원을 몇 개씩 다니게 하면서도, 정작 아이가 뭘 원하는지 알려고 하지 않았다. 감정을 가라앉히고 아이에게 물었다. 정말 가고 싶은 학원을 골라보라고. 아이는 미술학원 딱 하나만 골랐다. 나는 미술학원을 찾아가서 원장님께 부탁드렸다.

"우리 아이가 스트레스받지 않게, 그냥 그리고 싶은 그림을 마음대로 그리게 해주세요. 그리고 30분씩 기본기만 가르쳐주세요. 그래도 그림은 어느 정도 그려야 하지 않겠습니까. 딱 그만큼만 신경 써주세요."

"넌 그런 걸 엄마 닮으면 어떡하니?"

지금 세민이는 일본에 있는 미술대학에서 유학을 하고 있다. 처음 아이가 일본으로 가겠다고 했을 때 "왜 일본이냐, 미국은 싫으냐?" 하고 물었더니 미국은 학비가 비싸단다. '아이고, 내 딸아!'

몇 해 전 바쁜 의정활동 중간에 잠깐 시간을 내 일본에 다녀온 적이 있다. 비록 짧은 시간이지만 혼자서 생활해야 하는 딸아이에게 밥하고 음식 하는 것, 빨래하는 것 등등 집안일에 관한 내 나름의 노하우를 알려주었다. 딸아이는 내가 여러 가지로 좋지만 음식 잘하는 것도 좋다고 했다. 이건 딸바보가 아니라 '엄마바보'인가. 아무튼 딸아이에게 나만의 비결을 여럿 전수해 주었다. 그랬더니 요즘은 친구들을 집에 불러서 밥을 차려준다고 한다.

"으이그, 넌 그런 걸 엄마 닮으면 어떡하니?"

역시 그 엄마에 그 딸이다.

4

사람들 속에 길이 있다

꽤 오래전 일이다. ‘몬주익의 영웅’ 마라톤 황영조, 한국 배구의 전설 장윤창, 탁구의 전설 현정화 등, 스포츠계의 쟁쟁한 선배들과 함께 ‘함께하는 사람들’이라는 봉사단체를 결성하여 봉사활동을 하던 때였다. 한 복지시설을 방문하여 아이들과 한참을 놀다보니 슬슬 배가 고파 왔다. 그래서 같이 놀던 아이에게 물어봤다. “뭐 먹고 싶은 거 있어?” 그랬더니 아이가 조심스럽게 “짜장면요” 하는 것이었다. 역시나 애들한테는 짜장면만 한 게 없나 보다. 우리는 바로 중국집에 짜장면을 시켰고, 한참 만에 배달되어 온 짜장면을 보고 깜짝 놀랄 수밖에 없었다.

세상에서 가장 맛있는 짜장면

아이가 짜장면을 먹고 싶다고 했을 때, 우리 회원들 또한 오랜만에 짜장면을 먹는다는 기쁨에 진짜 중요한 한 가지를 놓치고 말았다. 그건 짜장면은 시간이 지나면 불어터진다는 사실이었다. 아이가 말한 게 짜장면이 아니고 짬뽕이었다면, 그도 아니면 탕수육이거나 볶음밥, 혹은 잡채밥이었다면 우리까지 덩달아 짜장면을 시키지는 않았을 것이다. 하필 '짜장면'이라고 하니, 모두 짜장면 하나로 통일을 하고 말았다.

시설 아이들과 보육 선생님, 그리고 우리 회원들까지 수십 명분의 짜장면을 한꺼번에 주문했으니, 당연히 주문을 받은 중국집에서는 난리가 났을 것이다. 결국 우리에게는 '퉁퉁' 불은 짜장면이 배달되어 오고 말았다. 아이에게 맛있는 짜장면을 먹이고 싶었던 나는 불어터진 짜장면을 본 순간, 너무 당황하고 말았다. 혹시나 아이가 실망하면 어쩌나 하는 마음에 슬슬 눈치까지 보였다.

하지만 그 아이는 세상에서 가장 맛있는 짜장면을 먹는다는 듯 행복한 표정으로 짜장면을 먹었고, 그 아이 덕분에 그날 그 자리에 함께했던 모든 이들은 세상에서 가장 맛있는 짜장면을 먹을 수 있었다. 그때부터 '함께하는 사람들'은 소외된 이웃들을 찾아가 짜장면을 직접 만들어주는 행사를 시작하게 되었다.

그렇게 시작했던 '함께하는 사람들' 모임은 시간이 지나면서 점점 더 조직이 커지고 활동 또한 활발해졌다. 그러다 2011년에 '대한민국의 국가대표로서 그간 국민에게 받은 사랑을 국민에게 돌려드리자'는 취지에 공감하는 전·현직 국가대표 선수들이 한자리에 모였다. 나를 포함하여 배구의 장윤창, 1988년 서울 올림픽 유도 금메달리스트인 김재엽과 이경근, 마라톤의 황영조, 태권도 최초의 메달리스트인 정국현, 아마추어 복싱의 전설 김광선 등 대한민국 스포츠 역사를 함께 써 내려갔던 스포츠 영웅들이 모여 '대한민국국가대표선수회(이하 국가대표선수회)'를 결성한 것이다.

'대한민국국가대표선수회'의 결성

우리나라에는 하계올림픽 33개 종목(2020년 도쿄 올림픽 기준), 동계올림픽 15개 종목(2022년 베이징 동계올림픽 기준), 아시안게임 40개 종목(2023년 항저우 아시안게임 기준) 등 여러 다양한 종목에서 활동한 약 30만 명의 전·현직 국가대표 선수들이 있다.

이들은 그간 스포츠를 통해 우리나라의 위상을 드높이고, 국민에게 큰 기쁨과 감동을 준 사람들이고, 한 사람 한 사람이 우리나라의 소중한 자산이다. 하지만 안타깝게도 그동안 이들의 지식과 경험을 우리 사회에 나눌 수 있는 계기를 만들지 못했다. 개별적으로는 조금씩 노력을 하고 있었지만, 의미 있는 영향력을 발휘하기에는 한계가 있었다. 그래서 이제부터라도 조직적이고 단결된 힘을 바탕으로, 이 사람들의 성공 DNA를 세상에 효과적으로 전파하고, 스포츠에 대한 노하우를 공유하여, 우리 사회의 건강한 발전을 위한 선한 영향력을 발휘하기 위해 소통과 협력의 장을 마련한 것이었다.

나를 비롯한 체육계 선후배들은 몇 가지 목표를 정했다. 첫째는 전 종목 선수들이 다 같이 참여해 '사회의 그늘진 곳에 희망을 주는 일을 하자'는 것이었고, 둘째는 후배들이 은퇴 후에 제2의 인생을 잘 살아갈 수 있도록 '체육인들의 권리를 찾고 복지를 위해 노력하자'는 것이었다. 마지막은 체육인들이 '자립할 수 있는 경제적 기반을 마련하자'는 것이었다. 이 세 가지 목표를 이루어보자는 취지로 '대한민국국가대표선수회'를 만들었다.

국가대표선수회는 봉사활동과 체육인을 위한 다양한

캠페인 활동을 주로 했다. 봉사활동의 경우에는 이전부터 꾸준히 해왔던 것이기에 어렵지 않게 할 수 있었다. 하지만 캠페인 활동은 쉽지 않았다. 하지만 꼭 필요한 일이었기에 적극적으로 실천하려 했다. 2013년 1월 어느 추운 겨울날에는 쟁쟁한 국가대표 선후배들과 함께 당시 대통령직인수위원회 앞에서 체육부를 신설해달라는 청원을 하기도 하고, 2015년에는 「체육인복지법」 제정 촉구를 위한 기자회견을 했다. 2018년에는 운동선수 병역특례 관련 정책제언을 하며, 체육계의 목소리를 대변하는 등의 다양한 활동을 진행했다.

다른 한편으로는 '스포츠 꿈나무들을 육성하기 위한 다양한 지원사업, 국가대표들의 스포츠 재능기부를 통한 사회봉사 활동'도 적극적으로 펼쳐 나갔다.

사회에 대한 봉사와 선수들의 권익 향상

2016년 리우 올림픽을 앞두고는 매우 흥미롭고 의미 있는 기획을 진행하기도 했다. 우연히 한 연예 기획사 대표를 만나 이야기를 나누던 중에, 올림픽 대표팀을 응원하는 노래를 만들었는데 소속사 가수가 SM엔터테인먼트 소속 가수들과 함께 음원 제작에 참여한다고 하는 것이었다. 나는 그 자리에서 제안을 하나 했다. 음원 제작에 올림픽 메달리스트들이 함께 참여하면 어떻겠냐고 했다. 다행히 기획사 대표가 큰 관심을 보였다.

그렇게 해서 나를 포함한 레슬링의 심권호, 체조의 여홍철, 사격의 여갑순 등 올림픽 메달리스트들과 SM엔터테인먼트 소속 가수들이 함께 응원가 '나의 영웅' 음원 제작에 참여하게 되었다. '나의 영웅'은 우리나라 최고의 작곡가 중 한 사람인 조영수 작곡가가 작업한 곡으로, 음원을 녹음하는 날 함께 해주셨는데, 정말 고맙고 한편으로는 너무 떨려서 노래를 코로 했는지 입으로 했는지 모를 정도였다. 평생 잊지 못할 날이었다.

2016년 9월부터는 국가대표선수회의 사무총장이 되어 살림살이를 맡았다. 당시 나는 서울시청 핸드볼팀의 감독으로 활동하면서 각종 강연 및 방송 출연 등으로 한창 바쁜 와중이었다. 하지만 체육계의 목소리를 대변하고 체육인들의 권익 향상을 돕기 위해 설립한 우리 단체의 활동 또한 절대 소홀히 할 수 없는 일이었다. 그렇게 한참 동안 정말 눈코 뜰 새 없는 나날들을 보냈다.

국가대표선수회는 2011년 창립 후 많은 이들의 헌신적인 활동을 통해 그 존재와 역할이 알려지기 시작했고, 해가 지날수록 성장해갔다. 하지만 5년이라는 시간이 흐르면서 구성원들도 조금씩 지치기 시작했고, 초심에서 멀어지는 모습도 나타났다. 뭔가 새로운 동력이 필요한 시점이었다. 우리 모임이 기업은 아니지만, 기업에 지속적인 혁신이 필요하듯 우리에게도 변화가 필요했다.

스포츠의 사회적 역할을 확인하다

고민 끝에 우리 '국가대표선수회'라는 브랜드를 좀 더 적극적으로 활용하는 방안을 생각하게 되었다. 그렇게만 되면 사회에 더 다양하게 기여할 수 있을 것이고, 국가적 자산인 선후배 국가대표들의 재능 또한 우리 사회에 더 많이 환원할 수 있을 거라고 판단했다.

그때부터 우리 브랜드를 적극적으로 세일즈하기 시작했다. 당시는 우리나라 대기업들이 '기업의 사회적 책임(CSR, Corporate Social Responsibility)'을 이행하기 위해 다양한 사회공헌 프로그램들을 전개하고 있을 때였다. 우리는 이러한 사회공헌 프로그램에 '국가대표들과 함께하는 스포츠 재능기부'

라는 이름으로 활동 제안서를 내고, 직접 기업을 찾아다니며 경쟁 프레젠테이션에도 참여하는 등의 노력을 전개했다.

그 결과, 우리 활동에 주목한 몇몇 기업에서 이 프로그램에 대한 후원에 나서기 시작했다. 한 기업의 사회공헌재단 이사장을 만났을 때의 일이다. 소외계층 아이들을 대상으로 하는 스포츠 재능기부 프로그램을 소개하자, 그분이 말씀하시길, "우리 재단 이사들은 문화예술인 출신들이 많아서 문화예술 단체만 후원해 왔습니다. 스포츠 활동 프로그램은 우리한테는 생소하고 이미 잘하는 다른 단체들이 많이 있어서 우리가 할 성격인지 잘 모르겠네요" 하셨다.

나는 그때 이렇게 대답했다. "저희도 국가대표 이름 걸고 공모사업에 참여해서 경쟁하는 것은 처음입니다. 다만 우리가 이렇게까지 하는 이유는 스포츠의 가치를 더 확산하고 싶기 때문입니다. 물론 문화예술 활동을 통해 아이들의 창의성과 감수성을 키워줄 수 있습니다. 하지만 여기에 스포츠 활동을 더하면 아이들의 창의성, 감수성뿐 아니라 체력과 사회성까지도 키워줄 수 있습니다. 스포츠 활동은 우리 단체가 그 어떤 곳보다 잘할 수 있습니다" 그러자 이사장께서는 고개를 끄덕이셨고, 그 재단은 국가대표선수회와 함께 최초로 스포츠 분야 사회공헌 프로그램을 운영하게 되었다.

국가대표와 함께하는 스포츠 페스티벌 프로그램을 통해 전국의 소외계층 청소년들을 만나 운동을 하면서 아이들의 다양한 사연도 듣게 되었고, 다양한 모습도 이해할 수 있게 되었다. 탈북자 가정 아이들, 다문화 가정 아이들 모두 우리의 소중한 아이들이자, 우리나라의 미래였다.

사람들 속에 길이 있다

당시 이 프로그램을 진행하면서 개인적으로 정말 뿌듯했던 게 하나 있다. 프로그램을 진행하기 위해 선후배 체육인들이 강사로 참여했는데, 처음에는 괜한 부담을 주는 게 아닌가 하고 걱정도 했다. 그런데 오히려 그분들한테 강사 활동이 인생의 활력소가 되었다는 것을 알게 되었다. 젊은 시절 국가대표로서 코트를 누비며 맹활약하다가 지금은 평범한 가정주부로 지내는 후배와 체육계를 떠나 전혀 다른 일에 종사하고 있던 선배들까지, 다시 코트로 나와 사회에 기여하는 경험을 하면서 아이들보다 오히려 선생님들이 더 신나서 프로그램에 참여하는 모습을 보면서 스포츠가 가지는 사회적 선순환을 몸소 느낄 수 있었다.

당시 이 재단에서는 공모를 통해 연간 30개의 문화예술 단체를 지원했는데, 그해에는 우리 단체가 가장 좋은 성과를 내게 되어 최우수 단체로 뽑히기도 했다.

국가대표선수회 사무총장으로서 '스포츠'라는 가치와 '국가대표'라는 브랜드를 널리 전파하기 위해 힘썼던 2년여란 시간 동안, 한편으로는 너무나 바쁜 나날들을 보냈지만, 다른 한편으로는 수많은 새로운 기회들을 창출하고, 수많은 관계들을 구축했다.

국가대표 체육인들은 평생 한눈팔지 않고 자기 분야에 매진한 고도의 전문가이다. 그렇기에 기회만 주어진다면 우리 사회에 크게 기여할 수 있는 사람들이다. 경직된 사고에서 벗어나 시대의 흐름에 맞게 새로운 분야에 도전하고 적극적으로 함께한다면 앞으로도 이들이 할 수 있는 활동은 무궁무진하리라 생각한다. 내가 국가대표선수회에 참여해 다양한 사업들을 펼치면서 가장 중요하게 생각했던 것도 이것이고, 그 과정에서 만난 사람들을 통해 확인한 것도 우리는 할 수 있다는 가능성이었다. 언제나 사람들 속에 길이 있다.

나를 생각하면 하기 싫고, 남을 생각하면 하고 싶고

정치 경력이라고는 전혀 없던 내가, 전혀 예상치 않게 여야 양쪽으로부터 입당 제의를 받았다. 내가 정치에 어울리는 사람이라는 생각조차 해본 적이 없는데 왜 여야 정당이 모두 나에게 영입 제의를 했을까? 처음에는 기쁘기보다는 오히려 의아했다.

나는 왜 정치를 하고 있나

선거철이면 주요 정당 사이에 각계의 유명 인사를 영입하기 위한 경쟁이 벌어지지만 '내가 그만한 인물인가?' 하면 고개가 갸우뚱해진다. 핸드볼은 우리나라에서는 야구나 축구, 농구 같은 종목에 비하면 인기가 한참 떨어진다. 올림픽에서 메달이라도 따면 반짝 관심은 얻지만, 오래 가지 않는다. '우생순'의 드라마를 썼던 아테네 올림픽도, 영화 〈우리 생애 최고의 순간〉도 이제는 10년도 더 지난 이야기라서 사람들의 기억 속에서도 가물가물할 것이다.

정치권은 나에게서 어떤 가능성을 보았던 것 같다. 내가 지도자로 활동할 때도 늘 최고의 선수만을 뽑지는 않았다. 가능성도 봤다. 당장은 부족해 보여도 잘 다듬으면 훌륭한 선수가 될 수 있을 것 같은 선수를 뽑기도 했다. 고등학교 졸업 선수 드래프트 때 다른 실업팀은 다 외면했던 선수를 가능성을 보고 데려와서, 각고의 노력 끝에 에이스로 키워낸 사례도 있다. 그래서 비슷한 거라고 생각했다. 그 험하다는 정치권에서 몇십 년씩 활동해온 고수들이 나를 점찍었으니, 무언가 내 안에 내가 모르는 가능성이 있겠거니 하고 생각했다.

정치를 시작하고, 국회에 들어와서도 한동안 나는 '나는 왜 정치를 하고 있지? 왜 우리 당은 나를 선택했을까?' 하고 되묻곤 했다. '힘들게 일하고도 욕이나 먹는 정치를 나는 왜 하고 있을까?' 이런 생각이 날마다 들었다. 하지만 일에 있어서는 주위에서 기대 이상을 하고 있다는 평가는 받고 있으니,

잘하는지까지는 모르겠지만 최소한 열심히 하고 있는 건 분명할 것이다.

한편으로는 이런 생각도 들었다. '많은 국회의원들이 열심히 하고 있는데, 누구 하나 때문에 왜 정치인들 모두 도매금으로 욕을 먹어야 하지? 왜 국민들은 정치인에 대해서, 국회의원에 대해서 이렇게 혐오감이 심할까?' 나도 정치에 발을 들여놓기 전에는 정치인을 바라보는 시선이 보통 사람들과 비슷했다. 하지만 막상 내가 정치인이 되어 보니 바깥에서 보던 이미지와는 전혀 딴판이었다.

나는 과연 정치에 맞는 사람인가

과거에는 국회의원이라고 하면 지역구에서는 어디를 가나 대접받는 존재이고, 국민 위에 군림하는 듯한 위치에 있었다. 하지만 지금은 국민들이 정치인을 보는 시선이 과거와는 비교도 할 수 없을 정도로 높아졌다. 과거처럼 국회의원을 그렇게 어려운 존재로 보는 사람은 이제 거의 없다. 인터넷에 일거수일투족이 다 노출되고, 사소한 잘못이나 실수라도 하면 거의 실시간으로 알려지고, 욕도 살벌하게 먹는다.

처음 정치에 입문했을 때는 지금까지 내가 겪어왔던 것

처럼, 이것도 하나의 직업일 뿐이라고 생각했다. 그런데 막상 들어와 보니 직업 정도가 아니라 내가 가진 모든 시간과 에너지를 쏟아붓지 않으면 안 되는 일이었다. '워라밸'을 추구하는 시대가 되었지만 정치인에게는 개인 생활이란 거의 존재하지 않았다. 날이면 날마다 몸과 마음이 완전히 방전되다시피 하면서 최선을 다하는데, 왜 사람들은 오히려 욕을 할까? 도저히 이해가 안 되고 야속하기 그지없었다.

이렇게 매일 매일이 힘드니 내가 정치에 맞는 사람일까 싶고, 아무래도 나한테는 가능성이 없는 것 같다는 생각이 들어서 자괴감에 빠지고 급기야 우울해지기까지 했다. 그러면서도 한편으로는 일을 미친 듯이 하고 있었다. 그런 이중생활이 한 해 한 해 쌓이다 보니까 이제 조금씩 뭔가 앞이 보이는 느낌이 들기 시작했다. '하긴 내가 어딜 가나 적응은 빠르잖아' 싶으면서도, '이제야 조금 알 것 같다'라는 생각을 하기까지는 또 몇 년이 걸렸으니, 정말 정치란 힘든 직업이다.

선수 생활과 지도자 생활은 정치에 적응하는 데 도움이 되었다. 사람들과 스킨십을 적극적으로 하고, 빠른 판단과 상황 대처 능력, 승부사 기질은 모두 핸드볼을 통해 배운 것이다. 밤을 새우더라도 단계별로 결과를 도출하고, 마지막 성과를 만들어내는 기질도 지도자 생활이 아니었다면 얻을 수 없었을 것이다. 세상은 바뀌고 있는데, 가만히 있으면 뒤로 밀려날 뿐이다. 세상에 발맞추기 위해 앞으로 나아가고, 내가 가지고 있는 것을 정치에 녹여내기 위해 고군분투하다 보니 조금씩 길이 보이는 것 같다.

국회의원으로서 나는 무슨 일을 할 수 있나

정치인으로서 조금씩 앞이 보이는 것 같으니까, 생각의 틀에도 변화가 생겼다. 지금도 몸과 마음이 너무나 힘드니까, 정말 이런 생활을 오래 하고 싶지 않다는 생각이 굴뚝같지만, 현장에서 문제를 해결하고, 시민들이 가지고 온 민원을 해소해주고, 현장의 시민들이 기뻐하고 행복해하는 모습을 보고 있으면 나도 모르게 퍼뜩 이런 생각이 든다.

'아, 내가 좀 더 권한이 있었으면 더 많은 것을 도와줄 수 있을 텐데…. 지금 내가 가진 권한이 딱 여기까지라, 저 사람들을 도와주려면 좀 더 힘이 필요하겠구나.'

지역구 국회의원이 막강한 권력을 가지고 있다고 생각하는 사람들이 많지만 실제로 현장에서 지역 현안과 씨름을 하다 보면 한계가 많다. 지역 예산에 관한 권한은 지방자치단체장이 가지고 있는데, 단체장과 국회의원이 같은 당이면 협력이 잘 되지만, 그렇지 않으면 참 힘들다. 당이 다르다고 해도 필요한 현안은 협력해서 함께 풀어가야 하는데, '누구 좋으라고 그걸 해 줘?' 하는 식으로 생각하는 정치인이 많은 게 현실이다.

나는 만약 내 지역구가 그런 상황이라면, 민원을 가지고 오는 시민들에게 "저한테만 오지 마시고요. 저쪽 당 시도의원도 찾아가셔야 해요" 하면서, 찾아가서 어떻게 하면 좋을지도 코치해줄 것 같다. 실제로 얼마 전에 탤런트, 성우, 코미디언을 비롯한 방송 실연자분들이 찾아온 적이 있었다. 방송인들이 자기가 출연한 프로그램에 대해 실연자로서 저작권에 준하는 권리를 인정받고 정당한 보상을 받기 위해서였다. 그분들의 이야기를 듣고 입장을 이해하게 되면서 관계가 가까워졌을 때, 나는 다른 당에도 찾아가시라고 조언을 드렸다.

"저한테만 오지 마시고, 저쪽 당도 찾아가세요. 그래서 여기서도 법안을 내고 저쪽 당에서도 법안을 내면 국회에서 비중이 달라져요. 일이 훨씬 수월해질 거예요."

민원을 들고 오거나 법안을 요청하는 일이 성사되려면 여당과 야당 가리지 않고 모두 찾아가고, 자신과 정치적 성향이 다른 지자체장이라고 해도 찾아가서 문제 해결을 요청해야 한다. 그런데 실제로는 '내 편이 아닌데, 내가 원하는 걸 저들이 해 줄까?' 하는 마음에서 자신의 성향에 맞는 편만 찾아가려는 사람들이 많다. 일을 수월하게 추진하기 위해서는 나의 정치적 성향과는 다른 당에도 찾아가 문을 두드리는 용기가 필요하다.

국민들이 더 공정하고 정의롭게 권리를 누릴 수 있다면

나는 지난 3년여간 국회 문화체육관광위원회(이하 문체위)에 몸담고 있으면서 체육계뿐만 아니라 문화예술계의 다양한 현안들을 해결하기 위해 열심히 씨름하고 있는데, 그중에는 '국악진흥법안'도 있다.

우리나라를 대표하는 다양한 문화콘텐츠들 중 국어, 전통무예, 문화재 등은 이를 진흥하기 위한 법률이 존재하는데, 국악만 관련된 진흥법이 따로 없이 「문화예술진흥법」과 「문화재보호법」에 더부살이하는 신세였다. 국악계에서는 그동안 줄기차게 정부와 국회에 법률 제정을 요청해왔지만, 차일피일 미뤄져 왔다.

2020년에 내가 대표발의자로 '국악진흥법안'을 발의해서, 2023년 6월 30일에 국회 본회의를 통과했다. 법안이 통과되자, 신영희 대명창 님을 비롯한 국악계 인사들이 감격의 눈물을 흘렸다. 국회는 왜 이 법을 18년 동안 질질 끌어왔나 싶어서 잘했다는 생각보다는 미안한 마음이 먼저 들었다.

나는 책상머리에 앉아 있기보다는 직접 현장을 뛰어다니는 게 좋다. 밤을 새워가면서라도 사람들의 이야기를 다 들어주려고 한다. 그런 성격 때문일까. 주변의 많은 사람들이 나에게 고민을 토로하고, 조언을 구하고, 갈등을 조정해달라며 도움을 요청해오는 일이 잦은 편이다. 물론 이런 일들이 언제나 좋은 결과로 이어지지는 않는다는 걸 잘 알고 있다. 감독 시절, 선의로 베푼 내 도움이 오히려 나를 공격하는 화살이 되어 되돌아오는 일도 있었다. 그 일로 힘들어하는 나에게 지인이 이런 말을 해준 적이 있었다.

"감독님이 산과 같은 존재라 그렇습니다."

"그게 무슨 말인가요?"

"감독님은 산과 같은 존재라 사람들이 감독님을 만나면서 힐링하려고, 바람 좀 쐬려고 몰려오는 것입니다. 그중에는 조용히 쉬다 가는 사람도 있고, 와서 소란스럽게 굴다 가는 사람도 있는 법입니다. 산은 그런 사람들을 가려서 받지 않아요. 다 품어줍니다. 감독님도 다 품어주세요."

정치인이 된 지금 그 말을 다시 떠올려본다. 사람들은 산이 좋아 오르고 산이 좋아 산에서 머문다. 그리고 그런 만큼 산은 우리에게 많은 것을 되돌려준다.

지난 4년간 국회의원 임오경을 선택하고 사랑해주신 광명 시민을 비롯한 우리 국민들에게 그 사랑을 되돌려드리기 위해 많은 일들을 해왔다. 그런 과정에서 불공정한 처지에 있던 사람들이 조금이나마 공정하게 되는 모습을 눈으로 확인했다. 나는 우리 국민들이 더 공정하고 정의롭게 권리를 누릴 수 있게 되길 바란다. 그 일에 내가 할 수 있는 몫이 있다고 믿는다.

이제 정치는 나에게 더 큰 꿈을 꿀 수 있는 일이 되어 가고 있다.

국대! 임오경 2지역협의회
필승! 임오경 1지역협의
국회의원 임오경 의정보고회
"우리생애 최고의 광명!"

“ 임오경을 말하다 ”

“임오경 의원님은 ‘논리적 사고’로 ‘역동적 행동’을 보여주는 분입니다. 임 의원님의 불의에 타협하지 않는 곧은 성정, 승부수를 던질 줄 아는 강력한 추진력, 앞뒤가 다르지 않은 솔직한 성격을 좋아합니다.”

__ **이재명** • 더불어민주당 대표

“국가대표에서 국민 대표로! 국민의 마음을 대변하는 민주당의 대표선수입니다.”

__ **홍익표** • 더불어민주당 원내대표

“참 똑똑하고 정책 능력이 있습니다. 국가대표 금메달리스트 핸드볼 감독을 역임한 경험 덕분에 포용력과 리더십이 출중합니다. 참 좋은 사람입니다.”

__ **정청래** • 최고위원

“밝고, 빠르고, 똑똑하고, 최선을 다하는 정치인입니다. 언제나 임오경 당신이 자랑스럽습니다.”

__ **서영교** • 최고위원

“임오경 의원은 누구보다 대한민국을 사랑하고 국민을 위해 헌신할 줄 아는 정치인입니다. 저는 특히 임오경 의원의 성실함을 존경합니다.”

__ **박찬대** • 최고위원

“임오경은 의리 있고, 사람을 아우르는 리더십이 있고, 함께 슬퍼할 줄 아는 공감 능력이 있습니다.”

__ **고민정** • 최고위원

“영화보다 더 영화 같은 실화의 주인공, 오늘보다 내일이 더 기대되는 정치인입니다.”

__ **장경태** • 최고위원

“영원한 국가대표인 임오경 의원님, 이제 국민을 대표합니다. 임오경 의원님의 열정이 광명시와 대한민국을 더 크게 만들어 갈 것입니다.”

__ **조정식** • 사무총장

“이젠 국회에서도, 지역에서도 ‘정치’ 하면 임오경을 떠올릴 만큼 저력을 발휘하고 있습니다. 그 비결을 지난 지방선거 때 알게 됐습니다. 언니 마음, 누나 마음, 엄마 마음을 듬뿍 담아서 우렁찬 연설로 쏟아내던 그 모습, 임오경의 따뜻한 리더십이 광명을 더욱 빛낼 것입니다.”

__ **강득구** • 국회의원

“민주당 대변인으로 맹활약하며 국가대표 도시 광명을 위해 뛰는 임오경 의원, 민주당과 광명의 훌륭한 일꾼입니다.”

__ **강선우** • 국회의원

“결정적인 순간에 슛을 성공시킬 수 있는 국회의원!”

__ **고용진** • 국회의원

“항상 열정과 에너지가 넘치는 ‘에너자이저’ 정치인, 공감 능력이 뛰어나고 현장의 목소리를 경청할 줄 아는 국회의원, 좋은 사람, 좋은 정치인!”

__ **김병욱** • 국회의원

“임오경은 강자가 아닌 약자를, 불의가 아닌 정의를, 정치가 아닌 국민을 수호하는 민생 대변인입니다.”

__ **김승원** • 국회의원

“〈우생순〉 감동 실화의 주역 임오경, 민생 경제회복의 주역으로!”

__ **김주영** • 국회의원

“불의에 용감하게 맞서는 정의로운 분이며, 가장 앞서 열정이 넘치게 일하는 분입니다.”

__ **김윤덕** • 국회의원

“임오경은 의정 활동에서도 국가대표다. 국민의 마음을 대변하는 그의 날카로운 질의는 핸드볼 슛의 정점과 같다.”

— **문정복** • 국회의원

“임오경은 내일이 더 기대되는, 함께하면 든든한 민주당의 전천후 플레이메이커입니다.”

— **박성준** • 국회의원

“임오경은 국민의 삶을 위해서라면 과감한 공격수 역할도 마다하지 않는 진정한 국민의 일꾼입니다.”

— **박주민** • 국회의원

“임오경은 그늘진 곳을 비추는 ‘따뜻함’, 광명 시민을 향한 ‘열정’, 끝내 이뤄내는 ‘능력’, 이 모두를 갖춘 ‘민생 대변인’입니다.”

— **박홍근** • 국회의원

“임오경은 누구와도 쉽게 소통하는 능력과 똑 부러지는 언변을 가진 민주당의 국가대표입니다.”

— **안호영** • 국회의원

“코트를 호령하며 ‘우리 생애 최고의 순간’을 만든 임오경, 이제 국회라는 코트에서 대한민국 최고의 순간을 위해 달립니다.”

— **유정주** • 국회의원

“임오경은 지치지 않는 뜨거운 열정으로 국민과 광명 시민의 뜻을 받드는 국가대표 의원이자, 더불어민주당의 소중한 인재입니다.”

__ **윤호중** • 국회의원

“영화 〈우리 생애 최고의 순간〉의 주인공인 임오경 선수, 현실에서는 ‘우리 당의 최고의 순간’의 주인공인 임오경 의원. 임오경 의원과 함께하는 의정 활동은 ‘우당순’입니다. 든든하고, 꼼꼼하고, 예리합니다.”

__ **이상헌** • 국회의원

“임오경은 언제나 힘이 되는 민주당의 든든한 ‘광명’입니다.”

__ **이재정** • 국회의원

“국회의원 임오경은 현장에서 국민들과 소통하며 더 나은 대한민국을 고민하는 열정적이고 믿음직한 동료입니다.”

__ **임종성** • 국회의원

“중요한 건 임오경의 꺾이지 않는 열정! 강력한 한 방이 기대되는 민주당의 특급 선수!”

__ **장철민** • 국회의원

"임오경은 국민을 지키고 광명을 발전시킬 공수 핵심 국가대표 센터백입니다."

— **최혜영** • 국회의원

"임오경은 정말 가슴이 따뜻한, 훈훈한 인간미를 느낄 수 있는 사람입니다. 또한 해야 할 일이 있으면 앞장서서 성과를 내는 강력한 추진력이 있는 사람입니다."

— **한병도** • 국회의원

"대한민국을 대표했던 임오경 의원은 이제 국민을 대표하고 민주당을 대표하는 소중한 동료입니다."

— **한준호** • 국회의원

"임오경은 포기할 줄 모르는 불굴의 의지로 '광명 시민 최고의 순간'을 함께할 국가대표 정치인입니다."

— **허영** • 국회의원

"스포츠인으로도, 정치인으로도 인정받으며 젊은이들에게 꿈과 희망을 갖게 하는 사람입니다."

— **이인정** • 아시아산악연맹회장

"임 의원님은 달입니다. 밝고 크고 아름다운 달. 생각하면 우리 가슴이 따뜻해집니다."

— **한의상** • 국회의원 임오경 후원회장